CW00536285

Un jour je partirai
Ou les mémoires
de lady Swann O'Connor

Stéphanie Ghigi

Un jour je partirai
Ou les mémoires
de lady Swann O'Connor

Roman

LE LYS BLEU
ÉDITIONS

© Le Lys Bleu Éditions – Stéphanie Ghigi

ISBN : 979-10-377-5447-9

Le code de la propriété intellectuelle n'autorisant aux termes des paragraphes 2 et 3 de l'article L.122-5, d'une part, que les copies ou reproductions strictement réservées à l'usage privé du copiste et non destinées à une utilisation collective et, d'autre part, sous réserve du nom de l'auteur et de la source, que les analyses et les courtes citations justifiées par le caractère critique, polémique, pédagogique, scientifique ou d'information, toute représentation ou reproduction intégrale ou partielle, faite sans le consentement de l'auteur ou de ses ayants droit ou ayants cause, est illicite (article L.122-4). Cette représentation ou reproduction, par quelque procédé que ce soit, constituerait donc une contrefaçon sanctionnée par les articles L.335-2 et suivants du Code de la propriété intellectuelle.

La solitude est l'aphrodisiaque de l'esprit, comme la conversation celui de l'intelligence.
Emil Michel Cioran, *Le crépuscule des pensées*, 1940

Chapitre 1

Swann O'Connor errait dans cette maison, sans âme. Elle était seule. Inexorablement seule. Elle arrivait tout juste à se déplacer, aux prix d'efforts incommensurables. Elle se mouvait tel un spectre dans son déshabillé beaucoup trop grand pour elle. Elle était d'une maigreur à faire peur. Mais elle ne s'alimentait plus vraiment non plus. Alors, il ne fallait pas s'étonner de la voir ainsi. Il n'y a bien qu'elle qui ne se rendait pas compte de l'image que renvoyait son si beau miroir en pied quand elle le croisait ! Elle buvait de l'eau, du thé, du café. Elle fumait beaucoup, beaucoup trop… mais pas d'alcool. Non, ce vice-là, elle ne l'avait jamais eu. Elle luttait chaque jour un peu plus contre cet ennemi invisible qui la rongeait de l'intérieur. Chaque jour un peu plus, toujours plus. Elle refusait de se laisser dévorer sans se battre. Mais elle avait baissé les bras avec les médecines traditionnelles. On ne soupçonne pas les ressources que nous possédons en nous. Et puis, il y a l'intuition, inutile d'essayer de la fuir. Elle fait partie intégrante de notre chemin de vie, tout comme la destinée. Sa bataille maintenant était de ne plus se soigner avec des remèdes médicaux, elle en avait assez usé et abusé. Maintenant, c'étaient les plantes et la médecine douce, tant que ça tiendrait comme ça, tant mieux, c'était du bonus. Le jour où ça s'arrêterait, elle aviserait, au jour le jour.

Cela faisait bien longtemps qu'elle n'avait plus personne dans sa vie à part son précieux cahier, son stylo fétiche et son fidèle vieux chat Darling. Voilà quel était son univers. Sombre, sobre, discret, sans aucune place pour la distraction, juste de l'oisiveté et de l'écriture. Son quotidien se bornait, jour après jour, toujours de la même manière, sans imprévu. Ce n'est pas qu'elle refusait toutes les invitations, non. Rien ne la réjouissait plus que de recevoir des invitations des quelques amis qu'il lui restait. Mais arrivé le moment d'y aller, la douleur s'emparait d'elle au point de la terrasser et l'obliger d'annuler. La douleur, parlons-en. Cette si pesante « amie » qui partageait son quotidien sans jamais la lâcher d'une semelle. Elle était comme son ombre, toujours là et pas question de faire sans elle ! Elle enrubannait, enveloppait, et envahissait tout son être de la racine des cheveux à la pointe des orteils. Elle était seule car les amis, à force, avaient déserté, l'avaient peu à peu oubliée. Elle sortait des mémoires. Bientôt, elle serait totalement effacée, comme si elle n'avait jamais vécu. Comme sur un ordinateur, on appuie sur le bouton « reset » et tout s'efface. Il ne resterait d'elle que cette maison « la féérie ». Elle n'avait plus la majestuosité d'antan mais demeurait une bâtisse de prestige, bien que manquant cruellement d'entretien. Alors, chaque jour, avec beaucoup de difficultés, elle écrivait quelques mots sur le cahier qui trônait au milieu de la table de la salle à manger, avec son stylo fétiche. Elle y notait ce qu'elle faisait, mais aussi ses états d'esprit, ses états d'âme, ses humeurs du moment, ses ressentis. Il faut dire qu'elle avait toujours été très entourée du temps de son immense succès. Et maintenant, il ne restait que la douleur et la souffrance qui avaient pris la place de tout ce beau monde peu à peu. Cependant, contrairement à ce qu'elle aurait cru, elle appréciait cette solitude dont elle apprenait chaque jour, un peu plus sur elle-même. Elle aimait se sentir seule, n'avoir de comptes à rendre à personne. D'ailleurs, elle ne se sentait pas comme une personne isolée. Certes, elle vivait seule mais elle en avait besoin. Après toute cette première partie de vie à vivre à plus de 100 %, à ne plus compter le peu d'heures de sommeil, à participer à des tas de soirées mondaines, à poser pour tel ou tel magazine, à signer des autographes… Finalement, elle avait chèrement payé ses heures de gloire par la suite et méritait grandement d'avoir droit à ses heures de solitude aujourd'hui.

Swann était une romancière à succès et ne manquait pas d'imagination ni d'ambition. Elle avait deux terrains de prédilection : l'amour et les enquêtes policières. Elle ne sortait que des best-sellers. Le public était toujours au rendez-vous et c'est lui qui faisait sa carrière. Alors, griffonner dans son cahier chaque jour était pour elle, plus qu'un exercice, c'était un rituel obligatoire, un devoir, une nécessité qui lui permettait de survivre. Elle se disait naïvement que si elle réussissait à retranscrire ses maux qui la torturaient avec des mots, peut-être que cela lui apporterait du soulagement. Mais rien n'y faisait, le temps de l'écriture n'était qu'un leurre. Quant à ses tremblements de mains, cela allait de mal en pis. Elle s'en rendait compte à son écriture, chaque jour, plus tremblotante, plus difficile. Elle avait toujours écrit à la main, et c'est ainsi qu'elle comptait bien continuer. C'était un principe sur lequel elle refusait de transiger. Elle avait voué toute sa vie à l'écriture. Elle avait sacrifié sa vie amoureuse, et de plus, avait mis une croix sur sa vie de mère. Finalement, elle s'était résolue au choix d'écrire de beaux livres, pour faire rêver les lecteurs. C'était ce qu'elle savait faire de mieux, et de loin. En fait, c'était la seule chose qu'elle était encore capable de faire.

Ses souffrances actuelles, depuis des mois avec ses tremblements et tout le reste, altéraient son jugement. Parfois, elle se rendait compte qu'elle avait comme des défaillances, des problèmes cognitifs. Des problèmes d'écriture, c'est sûr. Elle ne manquait pas d'imagination ni de subterfuges pour continuer la seule chose qui la faisait tenir encore : « écrire ». Elle en avait fait sa philosophie de vie. Elle ne manquait pas de moyens financiers. Mais vivre simplement lui suffisait amplement. Elle vivotait finalement dans « son refuge », la féérie. Elle se contentait de peu, de presque rien. On aurait cru un petit moineau dans son nid.

Chapitre 2

Heureusement, elle avait un jeune voisin étudiant qui lui livrait la nourriture pour son chat et ses cigarettes toutes les semaines, et quelques petites courses. Elle lui donnait un beau pourboire pour ce service rendu. Mais surtout de peur de le perdre. C'était la seule personne avec qui elle échangeait quelques mots, si peu de mots, mais ceux-ci étaient précieux car elle lui faisait confiance. Il avait un visage qui lui inspirait de la douceur et donnait envie de lever sa frêle main comme pour lui faire une caresse. Il s'appelait Emmanuel mais détestait qu'on le nomme ainsi. Il voulait qu'on l'appelle Manu. Seule sa maman décédée trop jeune aurait eu ce privilège-là. Comme la vie est bizarrement faite. C'est le prénom qu'elle aurait choisi si son enfant avait vécu car elle voulait un prénom mixte. Forcément, elle se disait que c'était le destin qui l'avait mis sur sa route. Il allait aussi, pour elle, à la pharmacie. C'est là-bas qu'elle avait trouvé son numéro pour de l'aide aux courses ou au ménage ou soutien aux devoirs pour les plus jeunes. Elle l'avait appelé tout de suite et sa voix d'une douceur sans pareille lui avait plu immédiatement. Elle lui avait demandé un entretien, pour savoir s'il ferait affaire. Cela lui avait donné l'occasion de voir à quoi ressemblait cette si jolie voix.

Manu Leroy se rendit au rendez-vous le lendemain à l'heure dite. Déjà, il était très ponctuel, et cela était un très bon point. Swann l'accueillit en sa demeure. Elle lui proposa de s'installer plutôt à l'extérieur car il faisait bon. Elle l'invita à boire, frais ou chaud, à sa guise. Lui, très poliment, refusa et attendit patiemment son retour car tout se faisait au ralenti avec Swann. Pas de place pour le stress ou la précipitation. Profiter de chaque petit moment : devise qu'elle respectait à la lettre de façon imposée par sa vie mais aussi car elle y croyait. Elle n'avait plus que ça à faire de toute façon. Croire en un avenir meilleur. Déjà croire au lendemain.

Elle commença une conversation libre avec le jeune homme en lui demandant d'où il venait. Quel âge il avait, quel genre d'études il faisait, s'il avait un logement... Le jeune Manu se prêta volontiers au jeu des questions/réponses. Il lui répondit qu'il avait 20 ans, qu'il venait de la région nîmoise, qu'il faisait des études de médecine, qu'il avait trouvé pour l'instant un petit logement hors de prix et plutôt loin de la fac, mais qu'il n'avait pas eu vraiment le temps de chercher et que déjà, il était tellement heureux d'avoir un toit sur la tête, qu'il savait se contenter de peu, et que la seule chose qui comptait pour lui était de réussir ses études. Car pour lui, le patient était au centre de tout, et puis il avait une petite revanche sur la vie à prendre. Ahhh ! Il plut tout de suite à Swann, bien élevé, poli, droit dans ses bottes, déterminé. Elle lui proposa un contrat comprenant quelques courses une fois par semaine et la pharmacie. Elle lui demanda combien il prenait. Il devint tout rouge. En fait, il était incapable de donner une réponse car il n'avait jamais travaillé. Elle lui dit :

— Écoute, il faut que tu te concentres sur tes études, je te donnerais 50 € par semaine et combien tu payes ta chambre de bonne pourrie ?

— 300 €, dit-il. Elle est meublée.

— Bon, ben je te la payerais le premier mois si tu ramènes de bonnes notes. Je serais ton mécène. Est-ce que cela te convient ? Tu verras, je ne suis pas compliquée, je parle peu, je fume beaucoup et j'écris toute la sainte journée.

— Oui, madame, mais c'est un ange qui vous envoie, je ne peux y croire.

— Comme tu peux le constater, je ne possède pas encore d'ailes dans le dos, dit-elle pour détendre l'atmosphère, je peux me déplacer dans mon univers mais pas au-delà. Tu seras mes yeux et mes jambes, et ça ne te prendra que peu de temps. Alors, tu veux réfléchir ou tu signes ? Mais je veux l'exclusivité car il te faut du temps pour étudier. Cette condition est indiscutable.

Il signa immédiatement ce contrat qui était miraculeusement arrivé à point nommé ou était-ce un coup de pouce du destin ? Il ne savait pas par quel miracle il avait pu atterrir ici aujourd'hui et avait réussi à décrocher un petit job, qui ne lui prenait que peu de temps et qui était, il faut bien l'avouer, bien peu épuisant.

Chapitre 3

Toutes les semaines, Swann, qui lui avait confié un trousseau de clés, lui laissait une enveloppe avec de l'argent à l'intérieur et une liste à suivre scrupuleusement. Il revenait avec tous les articles, déposait tous les tickets ainsi que l'enveloppe et la monnaie qu'il restait à l'intérieur. Comme bien entendu, elle n'avait pas mis que 50 €. Des fois, il y avait 60 €, parfois 70 €. Cette fois-ci, elle lui dit :

« Garde la monnaie. Ça va faire bientôt quatre semaines que tu m'aides. Ça se passe bien entre nous semble-t-il ? Voilà ce que j'ai à te proposer sans contrepartie. Tu vois cette dépendance au fond du jardin. Je te propose de venir la débarrasser, de l'arranger à ton goût, et de t'y installer. Tu quitteras ton meublé pourri. Tu ne payeras pas de loyer, et les petites courses que tu me fais continueront et seront ton salaire pour manger et sortir quelques fois. Je te propose d'en faire ce que tu veux. Voudrais-tu visiter ? »

Ils partirent visiter la dépendance qui faisait bien 60 m^2 avec un coin cuisine et un coin douche. En fait, ça devait être l'ancien pool-house puisqu'elle n'était guère loin d'une piscine de belle taille vide d'eau mais remplie de feuilles mortes. Manu n'en croyait pas ses yeux. Mais que lui voulait cette femme, si généreuse, qui lui faisait des cadeaux comme ça, sans rien attendre en retour. Elle lui dit :

« Vois-tu, je sens bien que toute cette générosité te perturbe, que tu te demandes pourquoi. Accepte pour me faire plaisir, un jour, je te promets que je raconterais mon histoire. Elle n'est pas forcément jolie, mais j'ai vécu une vie bien remplie. Aujourd'hui, c'est un peu de vie qu'il manque dans cette maison, celle que je n'ai pas eu la chance de donner. Peux-tu m'accorder ce dernier plaisir et venir habiter ici ? Tu auras ton indépendance totale. Tu pourras inviter qui tu veux. Mais je sens que ta présence pas très loin me fera du bien et me donnera le peu de force qu'il me faut pour achever mon travail. »

Il accepta devant l'insistance de Swann et la remercia, en lui disant qu'il ferait de cette dépendance un joli nid douillet parfait pour bien étudier. Qu'il ne savait comment la remercier, que c'était beaucoup trop et qu'il ne lui restait plus qu'à obtenir ses diplômes pour être digne de la confiance dont elle lui faisait preuve aujourd'hui. Mais comment un truc pareil était possible ? Il se rendit chez sa logeuse, l'avertit qu'il rendrait les clés à la fin du mois puisqu'il s'agissait d'un meublé, le bail n'était que d'un mois. Et repartit guilleret comme si une fée s'était posée sur son épaule depuis quelque temps. C'est sûr, il était besogneux. Il travaillait sans cesse. Il avait arrangé la dépendance un soir sur deux pour ne pas se mettre en retard sur son travail à la fac. Il avait repeint les murs en blanc lin, plutôt neutre, mais ça donnait de l'espace et en plus ça évitait à l'esprit de vagabonder. Donc il travaillait d'arrache-pied, plus que d'autres qui avaient peut-être des facilités, mais lui, il avait ce que d'autres n'ont pas : l'envie, la rage d'y arriver. Il s'en était fait la promesse. Hors de question d'être classé dans la qualité des médiocres. Non, il serait du côté des bons, des très bons, des meilleurs, frôlerait du bout des doigts l'excellence, ou se pavanerait dans l'excellence mais toujours dans la modestie car jamais il n'oublierait d'où il vient. De loin, de très loin, d'un élève assez moyen qui avait promis à sa maman avant son grand départ de bien travailler à l'école et de devenir quelqu'un de bien. Il lui avait promis et quand on promet, il faut savoir tenir ses promesses, sinon, nous ne sommes pas quelqu'un de fiable, digne de confiance, nous ne sommes pas quelqu'un de bien. Un jour, lui aussi raconterait son histoire à Swann. Elle n'était pas bien gaie, mais elle valait sûrement autant que celle de sa future logeuse.

Chapitre 4

La présence de Manu dans sa petite maison, même si elle ne le voyait pas, suffisait à lui remettre du baume au cœur et à la rassurer. Elle décida d'aménager sa coiffeuse de sa chambre en petit bureau au cas où une idée miraculeuse lui traverserait l'esprit pendant la nuit. Ah la nuit. Parlons-en de la nuit, elle ne dormait que deux ou trois heures, voire quatre quand c'était grasse matinée. Ses os la faisaient souffrir horriblement, le peu de muscles qui lui restaient aussi. Chaque changement de position dans le lit équivalait à un parcours du combattant. À la fin, usée, elle ne se rendormait plus. Et justement, l'idée prodigieuse elle l'avait eu cette nuit et elle savait qu'elle n'avait pas beaucoup de temps pour la réaliser surtout vu sa lenteur à écrire et ses tremblements incessants qui la rendaient complètement dingue.

Elle allait écrire ses mémoires. Et ce n'était pas un exercice auquel elle était habituée. Elle n'avait jamais fait ça, c'était une première pour elle d'écrire une biographie et de plus écrire la sienne ! Elle ne savait pas encore comment elle allait s'y prendre mais, quitte à raconter sa vie, pourquoi la confier à un auteur quelconque ? Qui serait mieux placé qu'elle pour raconter son histoire depuis son enfance jusqu'à aujourd'hui ? Cela serait sa plus belle œuvre. Elle le sentait. Elle avait besoin de se confier, à des anonymes, à des personnes qui ne la jugeraient pas. De toute façon qui aurait le droit de se permettre de la juger ?

Elle se sentait prête. Elle avait repris tous ses carnets, relu tous ses mots. Elle avait mis du fluo sur les phrases clés qu'il faudrait intégrer dans son futur livre. Cela lui prit plusieurs matinées et plusieurs jours car elle en avait noirci des cahiers ! Quitte à partir, autant partir en beauté… et finalement, elle se rendait compte de la plénitude de sa vie et du nombre de choses qu'elle avait à raconter si elle voulait se montrer honnête, entière et à nu avec tout son public et ses fans de la première heure. Pour sûr, elle les surprendrait car personne ne pouvait supposer tout ce qu'elle avait pu endurer toutes ces années durant. Mais, elle désirait se montrer transparente sinon cela ne rimerait à rien d'écrire ses mémoires en racontant sa vie de façon tronquée ou édulcorée. Elle voulait tout balancer, même si c'était moche, même si cela aller briser son image de bonheur sans faille, peu importe. Tout dire ou ne rien dire. Son choix était déjà fait.

Un jour où Manu venait lui déposer ses courses, elle osa lui demander s'il possédait une tablette car elle tremblait tellement qu'elle n'arrivait plus à écrire, et qu'il lui restait un dernier ouvrage à terminer. Manu alla chez lui chercher la tablette et lui montra comment on pouvait l'utiliser. C'était simple. Elle essaya. Malgré ses tremblements, elle gagnait un temps indéniable. Et du temps elle savait qu'elle n'en avait plus beaucoup. Elle le sentait. Elle demanda à Manu si demain il pouvait faire un détour pour aller lui en acheter une. Il lui répondit qu'il lui prêtait volontiers la sienne car il travaillait sur un ordinateur de bureau et un ordinateur portable, donc, il n'en avait pas l'utilité. Elle le remercia chaleureusement en le serrant dans ses bras comme s'il était son enfant. Et elle lui dit de rentrer chez lui maintenant. Elle se sentait si fatiguée, si lasse... Il fallait qu'elle aille s'allonger, se reposer, se laisser aller, dormir. Mais auparavant, elle mit la tablette à charger sur sa table de nuit, auprès de tous ses précieux cahiers. Elle ne mit pas longtemps à s'endormir et rêva qu'elle marchait le long d'une plage de sable fin, au lever du soleil, les pieds dans l'eau. Le soleil et le vent chaud caressaient sa peau. Elle baignait dans un océan de douceur. C'était si beau, ça semblait si réel. Elle aurait voulu ne jamais se réveiller. Mais il lui restait une dernière mission à accomplir. Une promesse qu'elle s'était faite à elle-même.

Quand elle sortit du sommeil, elle était sereine, calme, détendue. Cela faisait une éternité qu'elle n'avait pas dormi plus de quatre heures et d'un seul trait, sans réveil au milieu, sans douleurs atroces. Elle prit cela comme un signe, se leva, fit couler un énorme café, se mit sur sa terrasse avec sa première cigarette de la journée et sirota son café en admirant le jour se lever. C'était décidé, c'est aujourd'hui qu'elle commencerait l'écriture de son ultime ouvrage, l'écriture de ses mémoires. Elle avait déjà bien dépouillé toutes les phrases clés des cahiers. La première chose était de les taper et de les imprimer pour les inclure au bon moment et les barrer sur la feuille. Ainsi, il n'y aurait ni perte ni doublon ou répétition. Elle avait toujours été une écrivaine à succès et ce n'est pas sur ce dernier ouvrage qu'elle allait tout foutre en l'air. Au contraire, il fallait que ce soit l'apothéose de sa carrière. Maintenant restait le travail à effectuer. Tout était net, là dans sa tête, mais pas encore couché sur le papier. Et il fallait s'y atteler d'arrache-pied sinon, elle risquait de partir sans avoir fini. Et cela, elle s'y refusait totalement, obstinément.

Voilà désormais, ce qui était devenu sa raison de vivre, non seulement écrire mais écrire sa biographie. Elle commença donc comme prévu par recopier toutes les phrases importantes qu'elle voulait insérer dans son bouquin, méthodiquement, par thème. Puis s'accorda une pause bien méritée. Elle n'avait même pas vu la journée passer. Elle avait aussi tapé un plan à suivre pour respecter les différentes époques de sa vie. Elle guettait l'arrivée de Manu juste pour qu'il lui imprime ce qu'elle avait fait aujourd'hui pour enfin s'attaquer au vif du sujet. C'est avec plaisir qu'il lui ramena les quelques pages imprimées. Elle le remercia et chacun rentra à son domicile. Pour aujourd'hui, cela suffisait, il ne s'agissait pas de tirer sur la corde. Il fallait durer et tenir le coup coûte que coûte. Donc, pour tenir, il fallait dormir un peu, se ménager, écouter son corps. Déjà qu'elle pouvait tout juste s'alimenter, qu'elle se déplaçait mais très lentement et sur de très courtes distances, qu'elle tremblait en permanence, maintenant c'était sa vue qui commençait à lui jouer des tours. Donc, il fallait établir un calendrier de travail et s'y tenir. Cela serait la seule façon de peut-être arriver au terme de ce dernier livre et quel livre ! Au moins, elle partirait en beauté.

Chapitre 5

Elle avait le titre : *Un jour je partirai.*

Avant d'être la célèbre romancière Swann O'Connor qui, bien entendu, est un nom de plume, je m'appelais Virginie. Je m'appelle toujours d'ailleurs Virginie Delorme, je suis née le 20 juin 1950. Je suis fille unique. Je n'ai jamais souffert d'être une enfant seule. Je crois même que j'ai apprécié cette forme de solitude. Car dans le fond, je n'étais jamais seule. J'aimais jouer seule avec mes poupées, leur inventer des histoires. J'adorais dessiner aussi. J'étais une enfant désirée dans un foyer aimant avec des parents qui s'adoraient. Mon père travaillait comme photographe pendant que ma mère était institutrice et tenait le foyer, préparait les repas. Quant à moi, j'étais une petite fille modèle, celle que tout parent voudrait avoir, mignonne, toujours première de la classe et sans forcer, bonne camarade, jamais d'histoire, jamais de problème, toujours disponible et « malléable ». D'aussi loin que je m'en souvienne, j'ai toujours écrit. Dans mon journal intime. Dans des petits cahiers. Des histoires rocambolesques. Des histoires imaginaires. Tout m'inspirait. Tout m'intéressait. Il suffisait que je voie par exemple, un homme dans la rue n'arrivant pas à ouvrir son parapluie pour inventer une histoire autour de lui. Avant son départ de chez lui, jusqu'à son arrivée sous la pluie, et l'explication du parapluie ne s'ouvrant pas…

Puis vers l'âge de dix ans, mes parents s'étaient séparés. Ils avaient divorcé comme on dit. Je culpabilisais pensant que c'était ma faute, mais pas du tout. Je n'y étais pour rien, mon père avait rencontré une autre femme et voulait continuer sa vie avec elle. Il était juste tombé en amour d'une autre femme. Il ne m'abandonnait pas pour autant. Il me verrait les week-ends de temps en temps. Ma mère, qui n'avait rien vu venir, était submergée de chagrin après le choc de la stupéfaction, allait toucher une pension alimentaire mais il fallait qu'elle nous trouve un logement et qu'elle se retrouve du travail vite fait. Heureusement qu'elle était tout de même diplômée institutrice ce qui lui permis de décrocher un premier long remplacement pour un congé maternité, puis après cela avec une lettre de recommandation, elle ne tarda pas à trouver un emploi fixe. Elle était fière de voir qu'elle était capable de nourrir un foyer à elle toute seule sans avoir rien à demander à personne. Les week-ends où je voyais mon père s'espaçaient de plus en plus. Il avait refait sa vie, comme on dit. Non que je me sente exclue, mais il y avait tant de différences entre cet homme que j'avais eu pour moi durant les dix premières années de mon enfance et maintenant, que je ne me reconnaissais plus en lui. Il était devenu presque comme un étranger ou un membre éloigné de ma famille. Je ne lui manquais pas vraisemblablement et l'inverse était vrai, aussi déplorable que cela puisse vous paraître, mais c'était la triste vérité. Ce n'était pas un jour dans un mois qui faisait l'éducation et la paternité, selon moi. Mais ce n'est que mon avis. Peut-être aussi était-ce l'arrivée de l'adolescence qui jouait son rôle mais je ne le crois pas.

Les années défilaient et j'étais une jeune fille attirante qui aimait plaire aux garçons et qui savait très bien qu'elle plaisait à la gent masculine mais, j'avais peur. Ça m'effrayait de voir que je suscitais tant de convoitises auprès des garçons. J'avais juste peur de faire l'amour. Je fréquentais un garçon depuis presque une année, il avait été patient. Il s'appelait Stéphane, était beau comme un dieu, blond aux yeux d'un bleu perçant si particulier. Quand il vous regardait, on aurait pu croire qu'il lisait à l'intérieur de votre âme. C'était extrêmement troublant, et dérangeant en même temps. Mais c'était la couleur de ses yeux si bleus qui faisaient cet effet, le pauvre, il n'y était pour rien sauf d'avoir des yeux sublimes.

J'avais dix-huit ans quand nous avons eu notre premier rapport sexuel. Ce que je retiens de cette expérience est qu'il avait été doux et tendre mais moi j'étais tellement tendue comme un arc, que je n'arrivais pas à me laisser aller. Ça ne m'avait pas plu. On renouvela l'expérience plusieurs fois, bien entendu, ou j'étais un peu plus détendue mais ça ne me plaisait pas. C'était pas mon truc a priori. J'obtins mon baccalauréat et commençais des études de lettres. L'histoire avec Stéphane dura encore une année. Il m'adorait. Moi, j'étais amoureuse de lui mais je voyais bien que nous ne vivions pas la même histoire. Je l'ai quitté du jour au lendemain en m'excusant sincèrement du mal que je lui faisais car j'en avais pleine conscience mais je ne revenais jamais sur une décision.

En parallèle à mes études de lettres, je commençais à écrire des petites nouvelles qui étaient rémunérées et non éditées au nom de l'auteur. Ça me permettait d'arrondir mes fins de mois et me donner de l'expérience dans l'écriture. Ça ne devait pas être si mauvais, car mes nouvelles étaient souvent sélectionnées et éditées. Parfois, je participais à des concours de nouvelles. Même principe, mais si on gagnait le 1er prix on pouvait avoir la chance d'être signé par un éditeur. C'est ainsi, qu'un jour, en participant, à un de ces fameux concours dont le thème était :

« Quelle est l'importance de l'apparence dans la vie ? » que je remportais le 1ᵉʳ prix.

Je fus donc éditée à compte d'éditeur, ait eu des articles dans les journaux modernes de l'époque en 1970, une présentation à la une d'un journal à grand tirage, un passage à la télévision locale et plusieurs séances de dédicaces dans des librairies de plusieurs grandes villes. C'était parti. Un formidable tremplin inattendu mais qui me propulsait véritablement dans le monde des grands, celui des auteurs. Je n'avais que 20 ans. Je devins la nouvelle protégée de mon éditeur et la nouvelle coqueluche de la « sphère littéraire ». Swann O'Connor était née avec cette nouvelle, car j'avais écrit avec une exceptionnelle modernité, osée pour l'époque, où je disais tout simplement que la femme était l'égale de l'homme et que si l'importance de l'apparence comptait pour les messieurs alors elle comptait également pour les dames. Cependant, on ne pouvait pas imposer des choses particulières à des femmes sous prétexte qu'elles étaient des femmes. Ainsi, après l'édition de cette nouvelle et le succès qu'elle avait suscité, j'avais signé un contrat avec l'éditeur pour un roman que j'avais déjà presque fini. Mais, il s'agissait de me faire un peu désirer. Je lui expliquais que j'aimais beaucoup écrire sur les histoires d'amour et les intrigues policières et que quand je parvenais à mêler les deux, c'était comme un petit nirvana. Il lui faisait toute confiance du moment que ses écrits soient de la même qualité que la nouvelle qui l'avait propulsée sur le devant de la scène. Évidemment, je ne m'étais jamais préparée à tout cela moi, Virginie, la fille unique. Moi, qui appréciais la discrétion, j'étais propulsée malgré moi, sans m'y avoir été préparée préalablement. Il allait falloir jouer un rôle, celui de quelqu'un d'un peu extraverti voire extravagante alors que j'étais tout le contraire, tout l'opposé. Mais, le personnage de Swann était né, et il fallait le faire vivre, telle une diva. Mais pas trop tout de même. Il fallait qu'elle demeure accessible pour être aimée du public. Apparaître peu souvent. J'avais de l'avance car j'écrivais à une allure hallucinante. Je pouvais produire un roman en dix jours sans relecture ni corrections. Mais à mon éditeur, je lui distillais un seul manuscrit par an. Il fallait bien un peu se faire désirer par le public pour attiser l'envie, créer le manque et ainsi faire de l'édition de son nouveau livre à chaque fois, un véritable phénomène. Le pire, c'est que j'avais raison, pas besoin d'agent, je n'avais besoin de personne ni de conseiller. Je menais mes affaires toute seule d'une main de maître, avec juste un notaire de confiance si j'avais des questionnements importants.

À part ça, je déjeunais au moins une fois par semaine avec maman, un bon moment que je n'aurais raté pour rien au monde. Mais je ne faisais rien de particulier, hormis pendant les périodes de vente. Je l'avais mise à l'abri en premier en lui achetant un charmant logement. Et toute la décoration qu'elle avait désirée pour son intérieur. Rien n'était trop beau pour elle. C'était normal. Elle m'avait offert une enfance dorée et je lui rendais la pareille, comme je pouvais. Elle était tout pour moi et j'étais tout pour elle. Nous vivions l'une pour l'autre. Le reste du temps, j'étais Virginie tout simplement et non Swann. Je faisais bien le distinguo et c'était capital pour ma santé mentale que cela reste ainsi.

À l'âge de 25 ans donc en 1975, je m'étais entichée d'un jeune journaliste à la carrière prometteuse. Lui aussi semblait sensible à mes charmes. Nous avions pris notre temps pour mieux nous connaître, puis avions entamé une relation amoureuse. Cette relation était devenue de plus en plus sérieuse jusqu'à ce qu'il me demande de l'épouser deux ans plus tard.

Un énorme mariage en grande pompe fut organisé en septembre 1978. Impossible d'éviter les photographes et la presse tant la notoriété de Swann était grandissante. Moi qui aurais adoré me marier en catimini dans un petit village juste avec ma maman et quelques précieux amis, on était bien loin du compte. Enfin, il fallait bien faire avec. J'avais fait le choix de ma destinée. Un peu malgré moi. Peut-être n'avais-je pas mesuré les conséquences à un tel point. Mais maintenant, impossible de revenir en arrière, j'avais voulu écrire et être célèbre, j'avais réussi, c'était mon choix. J'aurais pu choisir l'anonymat si j'avais su tout cela avant. Mais maintenant il était bien trop tard.

Ma seule folie pour moi-même avait été l'achat de cette merveilleuse maison de ville à l'abri des regards, sans aucun vis-à-vis : la féérie. Je m'isolais dans mon havre de paix. Je m'y sentais si bien. Mais mon époux avait besoin de liberté. Il était ivre de liberté, comme moi j'avais besoin d'isolement. Il ne supportait plus cette vie de reclus. Malgré tout l'amour qu'il avait pour moi, et tout le mal que nous nous étions donné pour fonder une famille, il demanda le divorce au terme de cinq années et me quitta. Finalement, heureusement qu'il n'y avait pas eu d'enfant au milieu de tout ça, sinon quel gâchis. Là, ils repartaient chacun de leur côté, enfin, je restais chez moi et lui partait.

Je ne puis vous cacher à quel point fut mon chagrin, mon indicible peine. Il partait en laissant un vide abyssal que rien ne pouvait combler. Je me sentais abandonnée par la vie, comme si je n'étais plus digne de vivre. J'étais seule, si seule, noyée dans ma peine dont je n'arrivais pas à me défaire jusqu'au jour où maman me rendit visite avec une boîte en cadeau. Quand je l'ouvris, il y avait une petite boule de poil magnifique. Je la pris dans mes bras. C'était bon cette douce chaleur, elle se mit à ronronner immédiatement et je lui dis : « Oh, toi, tu es ma

Darling. » Et voilà comment peu à peu, je repris goût à la vie. Cela prit du temps. Mais le temps nécessaire pour me reconstruire et renaître de cette si grande déception.

Désormais, c'était derrière nous. À présent, je pouvais continuer d'écrire inexorablement, frénétiquement. Je ne manquais pas d'imagination, ça coulait tout seul, comme l'eau de la rivière dans son lit. Je fournissais toujours un manuscrit par an.

À 37 ans, je rencontrais lors d'une soirée promotionnelle un jeune écrivain, jeune de mon âge, mais jeune qui se lançait ou tentait de se lancer dans l'écriture. Mon éditeur tenait absolument à me le présenter. C'était son dernier petit protégé. Il était fort séduisant, il faut bien l'avouer. Il usa de tout son charme pour m'envoûter en une seule soirée. Ne voulant pas précipiter les choses, je lui permis de me raccompagner et nous fixâmes un rendez-vous pour un dîner le lendemain soir dans un petit restaurant discret que je connaissais bien. Il passerait me chercher à 20 h précise.

Le lendemain matin au réveil, je pris mon temps pour boire mon café, allumer ma première cigarette, puis me mis un peu au travail. Vers 11 h, je m'interrompis pour faire la réservation au « Bistroquet » pour 20 h 30. Puis, je me remis à travailler encore deux bonnes heures. Ensuite, il fallait que je me repose pour être pimpante pour mon dîner du soir avec le beau Christophe. Je m'endormis jusqu'à 17 h. Ensuite, j'avalais une pomme et un verre de lait d'amande. Je ne voulais pas me couper l'appétit pour ce soir. Je me fis couler un bon bain avec des huiles essentielles. Je pris soin de moi, me fis un soin du visage, m'appliquai un soin pour les cheveux, me fis aussi un gommage du corps. Bon sang, que ça faisait du bien de s'occuper de soi-même, prendre du temps pour soi, au lieu de toujours vouloir courir. Tous ces soins effectués, je me pris une bonne douche plutôt rafraîchissante et sortis de la baignoire. Je me dirigeais vers le dressing pour choisir ma tenue. Ce soir, ce serait un jean's avec un beau chemisier, une paire d'escarpins peu hauts. Style décontracté chic. Je retournais vers la salle de bain, me peignais les cheveux. Pendant ce temps, je me maquillais à peine le teint, un peu de mascara sur les cils, un soupçon de rouge sur les lèvres. Ne me restait plus qu'à me coiffer. J'enfilais ma parure de sous-vêtements puis m'attelais au séchage de ma longue chevelure blonde. Le brushing fait, je me regardais dans le miroir et appréciais l'image que celui-ci lui renvoyait. J'enfilais mes vêtements, me regardais à nouveau et confirmai que c'était vraiment pas mal. Christophe arriva à 20 h. Je lui indiquais la route pour se rendre au restaurant. Au passage, il me fit un compliment en me disant que j'étais très belle. Et je lui retournais le compliment. Arrivés au lieu de rendez-vous, le patron les accueillit et leur dit :

« Bonjour, mademoiselle Virginie, j'ai gardé votre table habituelle. Allez-y. Mettez-vous à l'aise, je ne viendrais que pour prendre votre commande. »

Je me dirigeais en prenant la main de Christophe vers le fond de la salle et l'entraînais vers un petit salon privé. Au moins, on ne serait pas dérangés ! Gros point fort. Un petit coin intime, à l'abri des regards, ça n'avait pas de prix. Le prix d'un moment de liberté qui n'appartiendrait qu'à nous. On prit commande pour du champagne en guise d'apéritif et qu'on finirait pendant le repas. La conversation s'engagea comme si nous nous connaissions depuis toujours. C'était fluide, aucune gêne, pas de blanc. C'était simple et sans complication. Le feeling passait bien, très bien même. Le dîner était passé à une vitesse fulgurante, on avait pris un dessert afin de prolonger cet instant magique. Puis un café… et un autre… On demanda l'addition une fois le champagne fini. En bon gentleman, il régla la totalité. J'avoue avoir apprécié. Il me raccompagna chez moi, je lui proposais un café qu'il accepta bien volontiers. Et il ne repartit plus jamais. Cette nuit-là, enfin je sus ce qu'était faire l'amour et ressentir du plaisir. Il était doux et tendre, explorait tous les endroits de mon corps. Il me respirait et moi aussi j'adorais son odeur. Il prenait son temps, et plus, il attisait mon désir.

J'avais envie de le sentir contre moi, sur moi, à l'intérieur de moi, nos corps entremêlés, enlacés, unis dans le même plaisir et le même amour. À mon âge ! Il en aura fallu du temps. Disons qu'il doit y avoir beaucoup de mauvais amants. Ou alors, je n'avais eu que de mauvais amants. Ou, je n'avais jamais su m'abandonner au point de vivre le plaisir jusqu'à la jouissance.

Je vivais un conte de fées. Je vivais avec un homme qui m'aimait, qui m'admirait, qui n'hésitait pas à me demander des conseils pour ses propres écrits. Nous étions inséparables, indissociables. Nous finîmes par nous marier en catimini et à 40 ans je tombais enfin enceinte. J'étais heureuse plus que jamais. Enfin, cette grossesse tant attendue. Car l'horloge biologique tournait. 40 ans était une date un peu limitée pour les femmes. Je regardais enfin les boutiques de vêtements pour bébés. Je m'y voyais déjà. Enfin maman. Toutes ces années à attendre et enfin, cela arrivait. Mon bonheur était comme un puits sans fonds. Il n'avait pas de limites. C'était inexplicable. Comment expliquer déjà cette magie que je ressentais dans mon corps ? J'étais le nid.

Mais hélas, le bonheur ne fut que de courte durée. Durant mon suivi, mon obstétricien avait décelé une masse suspecte à côté du fœtus dans l'utérus. Il m'avait fait passer des examens complémentaires et cela ne s'était pas révélé de bon augure. Il s'agissait d'un cancer de l'utérus, déjà bien développé sur lequel il fallait agir vite en essayant de préserver le fœtus mais rien n'était certain. Il nous avait tout expliqué à mon mari et moi-même. Et que dans le pire des cas, in situ, selon comment cela se présenterait, il serait obligé d'enlever tout l'appareil reproducteur et que je ne pourrais plus jamais avoir d'enfant. J'avais toujours espoir, je me disais que cela n'était pas possible, que cette grossesse tenait déjà du miracle et que ce miracle ne pouvait pas se transformer en cauchemar en si peu de temps. Je refusais de croire à cette éventualité. Je préférais être optimiste et m'imaginais donner un biberon, puis plus tard jouer à cache-cache puis plus tard au Monopoly… Hélas, malgré tout mon optimisme, rien n'y avait fait. Il avait fallu tout enlever. Tout était envahi. Il y avait des cellules tumorales partout et impossible de préserver le fœtus puisque tout l'utérus était envahi.

J'étais anéantie et me sentais sombrer dans une douce et longue dépression. On m'avait ôté une partie de moi et mon enfant aussi, mon désir de maternité était enterré à jamais. Il fallait faire une croix dessus. C'était un deuil qui allait être très difficile à faire.

C'est à ce moment précis que Christophe avait décidé de partir, de me quitter, sans beaucoup d'élégance. Il démarrait brillamment sa carrière d'écrivain et désirait plus que tout fonder une famille. Hélas, il se trouve que je ne pouvais plus lui offrir ce cadeau de la vie. Il avait honte de lui mais pas suffisamment pour rester le temps que je sois remise de la perte de mon enfant et du deuil de ma maternité. Il demanda donc le divorce et c'est la mort dans l'âme que je le laissais partir. Vous imaginez que seule comme je me trouvais aujourd'hui, c'est que j'avais donc perdu mon bébé et ma machine à les fabriquer, et de plus mon mari. Le véritable gros lot. J'avais ensuite suivi les cures de chimiothérapie puis les rayons, et j'avais perdu mes cheveux. Ah les cheveux, véritable symbole de la féminité s'il en est un. Je me regardais le crâne lisse et l'image que me renvoyait le miroir m'écœurait. Ce n'était pas moi. Je ne me reconnaissais pas. J'avais été prise en charge par un spécialiste psychologique car le cap était extrêmement difficile à dépasser. Ce deuil-là était terrible psychologiquement et physiquement à avaler. Je mis plus de deux ans à me remettre sur pied après cette atroce et douloureuse épreuve. Mais fidèle à mon calendrier éditorial, j'avais quand même fourni un manuscrit par an. Personne ne pouvait et ne devait savoir que j'avais été malade. Personne ! La célèbre Swann O'Connor ne pouvait pas se permettre d'être au fond d'un lit vis-à-vis de son public. Mon éditeur avait juste dit que j'étais à l'étranger pour faire de la promotion hors de nos frontières car je commençais à avoir un petit succès international. Ce qui était absolument faux, mais parfois, un bon mensonge vaut mieux qu'une vérité franchement moche. Ensuite, j'avais enchaîné les aventures sans lendemain car je ne souhaitais plus d'engagement avec un homme car je savais que je n'avais plus rien à offrir, à part un moment de plaisir partagé, mais rien de plus. Mon ventre n'était plus qu'un cimetière.

J'écrivais, voilà où je puisais ma véritable jouissance mais spirituelle. Choisir les mots pour construire des phrases, qui ensuite formeraient des chapitres pour ensuite raconter une histoire. Ça c'était le bonheur, on pouvait tout imaginer. Tout se permettre. Tout faire dire aux personnages, inventer des situations complètement ubuesques. Mais du moment qu'on respectait un fil conducteur, et que ça tenait la route, l'histoire était crédible. La tête à peine sortie de l'eau, de toutes ces pertes en série, l'écriture et les séances de dédicaces où l'on me félicitait m'avaient fait du bien. Se laisser flatter l'égo de temps en temps ne faisait de mal à personne.

À la cinquantaine, en l'an 2000, j'avais reçu l'invitation pour le dépistage du cancer du sein. Je m'y étais rendue bien sûr, plutôt sereine en me disant que j'avais déjà donné. Et bien, il faut croire que non ! Une belle masse suspecte du sein droit. Repérage du ganglion sentinelle. Rien ne m'aura été épargné. J'eus droit à une ablation totale avec possible reconstitution dans un second temps, mais les années passaient, et je regardais mon corps mutilé dans le miroir. Ce corps me dégoûtait, il n'avait plus de féminité, plus de beauté, moins de courbes avec cette cicatrice qui barrait la poitrine. Je fumais comme un pompier. Je n'avais pas la force de m'arrêter de fumer pour tenter une reconstruction mammaire, ce qui était une condition indispensable. Finalement, j'avais renoncé à cette reconstruction. Et puis, à qui devais-je montrer ce corps ? Seule, moi, le voyait. Il faut dire que je n'avais pas démérité durant les dix dernières années. Par deux fois, j'avais dû combattre ce foutu crabe. Alors maintenant, cancer ou pas, la seule chose qu'il me restait était l'écriture, ma maison, mon chat Darling, et le jeune Manu, que j'aimais et considérais comme si c'était mon propre fils finalement. Je ne voulais plus de tous ces traitements ou médicaments. Je renonçais contre tous les avis médicaux. Cela ne voulait pas dire que je baissais les bras. Pas du tout. Ce que je voulais par-dessus tout c'était être tranquille, vivre en fonction de mes envies et qu'on me foute la paix. Je voulais juste profiter du temps qu'il me restait et espérait terminer ma biographie. Maintenant que je m'étais décidée. Cela serait l'œuvre de ma vie. J'avais prévenu mon éditeur, ainsi que mon notaire. Mon notaire était devenu à la longue, un ami, un confident : Me Laurent Lambert. Je lui demandais dès qu'il avait un créneau s'il pouvait passer à la maison pour rédiger un testament et demander quelques conseils avisés au sujet de ma succession. En effet, je n'avais plus jamais eu de nouvelles de mon père jusqu'au jour où j'avais appris qu'il était décédé. Ma pauvre maman, elle aussi était partie rejoindre les étoiles, juste après mon cancer du sein. Elle avait trouvé l'énergie de m'accompagner dans mes deux luttes, mais elle-même était bien fragile et avait rendu son dernier souffle dans son sommeil quelques mois auparavant.

Chapitre 6

Quelques semaines plus tard, Virginie reçut la visite de Mᵉ Lambert comme elle le lui avait demandé.

— Bonjour, Laurent, comment vas-tu ? Merci de t'être déplacé, tu vois bien que de mon côté c'est quasiment impossible.

— Bonjour, Virginie, je vais bien. Alors, de quoi veux-tu me parler ?

— J'aimerais mettre mes affaires en ordre avant de partir.

— Mais que me racontes-tu là ?

— Écoute, j'ai eu deux cancers, je refuse les soins. Je sens la fin toute proche. Je sais que pour être en paix il faut que je règle tous mes papiers, ma succession. J'ai refusé l'héritage de mon père vu qu'il était criblé de dettes et que j'ignorais même qu'il était décédé. Cependant, j'ai hérité de la maison de ma mère que je lui avais offerte. Et je ne sais absolument pas quels sont mes capitaux, et à combien ma fortune peut s'évaluer.

— Alors, tu es propriétaire de deux maisons : celle de ta défunte maman et celle-ci. En termes d'argent, tu as beaucoup d'argent, beaucoup. Et comme tu n'as ni famille ni enfant, tout partira à l'état.

— J'ai une question à te poser ? Puis-je donner de l'argent de mon vivant et quelle somme si c'est à quelqu'un qui n'est pas un membre de ma famille ? Sans qu'il ait trop d'impôts à payer bien sûr.

— Oui, tu peux faire une donation de ton vivant d'environ 150 000 € mais l'état se servira au passage. Après, moi ce que je te conseillerais, si tu désires mettre quelqu'un à l'abri est de lui faire la donation puis lui vendre en viager libre la maison de ta mère que tu pourras lui louer pour te faire un revenu mensuel. À ton départ, il pourra vendre ou continuer la location. Mais le bien lui appartiendra. Et tu peux faire exactement la même chose pour ta maison ici. Ainsi, tout ton fric partira à l'état mais tu auras pu préserver ton patrimoine immobilier. Ensuite, rien ne t'empêche d'aller au distributeur, retirer 1000 € toutes les semaines et appeler ta banque et demander de te préparer une somme de 5000 € ou 10 000 € pour partir en vacances… Vous prendrez un taxi, et vous irez chercher votre argent. Petit à petit ça peut passer. Déjà, commence comme ça pendant que je rédige la donation et raconte-moi à qui tu veux donner.

— Vois-tu, j'héberge un étudiant en médecine dans la dépendance depuis quelques années maintenant. Au début, il était chargé de me faire mes petites courses, ma pharmacie, puis quand j'ai eu des moments très difficiles, j'étais soulagée de le savoir tout près de moi, tant qu'il avait son indépendance. Tu comprends il a le prénom et l'âge de l'enfant que j'aurais dû avoir. Mais la vie en a voulu autrement et ne m'a pas fait ce cadeau. Au contraire, elle m'a mutilé et privé mon corps et ma vie du bonheur de la maternité. Il est devenu depuis toutes ces années mon meilleur ami, mon confident et c'est lui qui m'a donné la force d'entreprendre mon dernier ouvrage. Le titre est : Un jour je partirai. Il faut que tu le consignes quelque part aussi. Un jour, lui aussi m'a raconté son histoire. Il s'appelle Manu, il a perdu sa maman qui était institutrice quand il était jeune adolescent. Elle est partie d'un cancer du poumon. Il a une sœur plus jeune que lui. Je crois que son père n'a pas bien su recréer une ambiance familiale unie. En tout cas, il s'est construit comme il a pu. Durement, avec des certitudes comme : on ne doit pas pleurer, on ne doit pas montrer ses sentiments, on doit respecter les règles… Quand il a décroché une place à la faculté de Nice, il n'a pas hésité une minute à partir. Il voulait faire médecine et a décroché médecine. Après il a fallu cravacher, se donner du mal pour être dans les meilleurs, pour pouvoir prétendre aux meilleurs choix. Il s'en est donné du mal. Il n'a rien lâché. Il a tout donné. Il a réussi son internat et a choisi sa spécialité en oncologie. Évidemment. Il aimerait sauver les personnes qu'il n'a pas pu sauver mais quand c'est trop tard, c'est trop tard. Je lui ai demandé si c'était un réel choix, ou un choix par revanche ou par réelle envie. Il m'a dit qu'il voulait faire avancer et faire bouger les choses, se battre et participer au combat pour qu'il n'y ait pas autant de cancers encore mortels de nos jours, malgré la prévention, notamment les cancers pédiatriques encore plus injustes car frappant si jeunes. Du coup, comme je lui avais promis au début de notre rencontre, je lui ai raconté mon histoire. Mes deux maris, mes deux divorces, mes deux cancers… Je crois que je l'ai touché en plein cœur et que, comme je le considère un peu comme l'enfant que je n'ai pas eu, il me considère un peu comme un membre de sa famille. Pas comme sa mère, on ne remplace jamais une mère. Une mère est irremplaçable. On en a qu'une et qu'une seule. Mais il a autant d'estime pour moi que moi pour lui. Je veux l'aider à bien démarrer dans la vie plutôt que tout parte à l'état.

— Bien, on peut déjà travailler sur cette base.

— Est-ce que je peux léguer tous les bénéfices des ventes de mon dernier livre qui sortira, ma biographie à des associations pour la lutte contre le cancer et pour la recherche contre les cancers pédiatriques ? Et puis, puisque ma fortune est si colossale, donner aussi aux restos du cœur, et au refuge.

— Absolument, je pense que l'on peut mettre plusieurs clauses. Et même rajouter une clause, que toutes les rééditions et toutes les sommes récoltées iront à ces mêmes organismes. Il nous suffira de bien les choisir.

— Bien, avons-nous fait le tour de la question Laurent ? Combien je te dois ?

— Pas aujourd'hui, Virginie, le jour de la lecture de l'acte, de toute façon, il va falloir que tu parles à Manu. Il va falloir aussi que tu lui confies ta carte bancaire. Tu as toute ta confiance en lui n'est-ce pas ?

— Évidemment.

Il allait lui falloir plusieurs jours pour rédiger tous les documents demandés par Virginie mais elle avait raison de ne pas vouloir tout laisser comme ça à l'état. Heureusement elle avait acquis quelques œuvres d'art qu'elle pouvait léguer librement de droit à qui elle voulait.

Il se mit au boulot immédiatement. Il détenait bien sûr tous les certificats d'authenticité de ses œuvres d'art donc l'inventaire allait être facile à établir. Ça c'était bien. Elle appela Manu par la fenêtre et lui demanda s'il avait quelques minutes à lui consacrer. Il lui répondit gentiment qu'il finissait un travail en cours et qu'il arrivait, qu'il était accompagné, s'il pouvait venir faire les présentations.

— Bien sûr.

Une petite demi-heure plus tard, Manu arriva, accompagné d'Anne, une jolie petite blondinette qui avait l'air d'une douceur et d'une gentillesse sans égale. Manu fit les présentations officielles : je te présente Swann O'Connor la grande romancière, mais Virginie pour les intimes.

— Bonjour, Manu comment vas-tu ? Et vous ma chère Anne ?

— Ça va, ça fait un moment que je voulais te présenter Anne, mais je n'arrivais jamais à trouver le bon timing. Voilà qui est fait. C'est mon amoureuse depuis plusieurs mois. Nous sommes fiancés. Je voulais savoir si tu accepterais qu'elle vienne vivre dans la dépendance avec moi. Tu verras elle est très discrète, elle étudie aussi. Elle peut aider un peu dans le jardin ou dans la maison si tu as besoin. Il faut que tu te ménages si tu veux arriver au bout de ton ouvrage.

— Manu, avec Anne si tu veux, sauf dans ma chambre, faites le tour de ma maison et regardez tous les tableaux et les objets, qui sont des œuvres d'art. Dites-moi, toutes celles qui vous plaisent. C'est pour un jeu.

Anne était toute menue mais avec un corps bien fait, bien proportionné. D'une blondeur comme les épis de blé. Elle avait des yeux bleu couleur océan. On aurait volontiers plongé dedans. Elle avait été tout intimidée de ces présentations officielles car depuis que Manu lui en parlait, c'était comme si elle la connaissait déjà. Mais on ne rencontre pas une personnalité de cette envergure tous les jours ! Même si finalement, Manu avait raison, Virginie était quelqu'un de très simple et abordable. Enfin, Anne s'en était fait une montagne de ces présentations et cela c'était passé comme une lettre à la poste.

Comme demandé par Virginie, ils s'exécutèrent et firent le tour de la maison en entier. C'est sûr, il y avait des merveilles. Manu avait flashé sur une immense toile encadrée avec une panthère noire. Anne, elle avait repéré un vide-poche couleur noir et or en forme de danseuse où l'on posait les clés dans les plis du bas de la robe qui tournoyait. Il y avait aussi une toile avec un bord de mer sauvage. Voilà ils avaient leur top trois.

— Vous n'en avez sélectionné que trois ? Rien d'autre ne vous plairait ?

— Non, c'est l'ensemble de la maison avec toi dedans Virginie qui fait tout son charme !

— Allez, filez. Rentrez chez vous mes enfants. Pour ta question à propos d'Anne, c'est oui bien évidemment et demain j'aurais besoin que tu passes à la banque pour moi. C'est dans tes possibilités ?

— Bien sûr, la banque est en bas de la rue.

— Tu viendras chercher la carte bancaire et je t'expliquerais.

— Ça marche ! Bonne nuit, Virginie.

— Bonne nuit, les amoureux !

Le lendemain matin, Manu se présenta chez Virginie vers 9 h et demanda les instructions.

Elle lui dit :

— Tu vas au distributeur et tu prends la somme maximale autorisée. Je n'ai aucune idée du montant mais j'ai besoin de liquidités.

Il se munit de la carte, partit à l'agence, et demande au guichet quelle était la somme maximale que l'on pouvait retirer au distributeur. L'agent lui répond que cela dépend de la carte que l'on détient mais qu'avec certaines on peut prendre 3000 € maximum. Il se positionne donc à l'abri des regards, compose le code secret, réclame la somme de 3000 € en grosses coupures, les met dans l'enveloppe qu'il avait prévue à cet effet, récupère carte et ticket et repart en sifflotant. Il retourne chez Virginie. L'affaire n'a pas duré plus de quinze minutes. Il lui pose l'enveloppe sur la table ainsi que la carte et le ticket. Elle le remercie infiniment et lui explique qu'il faudra faire la même chose tous les dix jours ou toutes les semaines, mais en changeant d'agence bancaire. Pas toujours dans celle du quartier. Il se demande si elle est pas un peu parano, si elle commence pas un peu à perdre la boule mais ne dit mot. Il ferait comme elle voudrait. Dix jours plus tard, Manu renouvelle la manipulation bancaire à l'agence à côté de la fac sans problème. Quand il rentre à la maison, Virginie est tout excitée et lui dit :

— Peux-tu m'accompagner à la petite propriété de ma défunte mère, s'il te plaît ?

Il a du boulot mais si ça ne dure pas plus d'une heure, il est d'accord. Les voilà donc partis tous deux dans un taxi à trois rues plus loin, mais Virginie n'est plus capable, même avec de l'aide de parcourir une telle distance.

C'est avec beaucoup d'émotion qu'elle introduit la clé dans la serrure de ce petit paradis. Et là, s'ouvre un pavillon extrêmement lumineux donnant sur un jardinet bien équipé. La maison est comme on voit dans les catalogues, une maison témoin. Il faut dire que sa maman était quelqu'un d'extrêmement maniaque. Rien ne dépasse. Il y a un peu de poussière, forcément vu que depuis qu'elle est décédée personne n'a remis les pieds ici mais à part ça, tout est impeccable. Tout est soigneusement choisi avec un goût sûr. Il n'y en a pas trop. Juste ce qu'il faut, pour rendre un intérieur raffiné et élégant. Manu se risque :

— Cette maison est un véritable enchantement. On aimerait venir et poser ses bagages tant on se sent bien, comme dans un cocon, ça donne envie de fonder un foyer.

— Ça me rassure ce que tu me dis, car jamais je n'aurais eu le courage de revenir ici toute seule.

— Regarde les meubles et les tableaux et les œuvres d'art, les objets et dis-moi tout ce qui te plaît dans cet appartement. Il ne comprend pas très bien où elle veut en venir et se met à rire à gorge déployée.

— Tout me plaît dans cette maison de trois pièces, je prendrais bien le tout pour mettre dans ma dépendance. Tout est magnifique, sublime, divin, d'un raffinement certain. Votre maman avait un goût bien prononcé pour la décoration et savait choisir sans que cela soit ostentatoire.

Ils redescendent, le taxi les avait attendus et les reconduit chez Virginie dans la propriété « la féérie ». Elle règle la note, remercie Manu pour ce bon moment et lui dit qu'elle lui rend sa liberté. Il reste dubitatif mais a l'impression d'avoir fait une bonne action en l'aidant à passer le cap pour retourner dans la maison de sa maman. Pour cela, il est heureux. Il s'est beaucoup attaché lui aussi à cette grande dame qui ne lui demande quasiment rien et lui offre tant. Ce qui lui permet de se consacrer totalement à ses études et à la promesse qu'il s'est faite de devenir quelqu'un de bien. Un être doté de bonté, d'humanité et de valeurs indispensables à la vie… concernant l'argent, il ne lui posera aucune question non plus. Il est quelqu'un de discret, et compte bien le rester. Après tout, ce ne sont pas ses affaires. Et puis, jusque-là, il ne s'est jamais permis de s'immiscer dans la vie de Virginie et ce n'est certainement pas maintenant que ça va commencer. Si un jour elle veut lui en parler, elle le fera sinon elle le gardera pour elle.

Finalement, elle est en quelque sorte la figure maternelle qu'il n'a jamais eue depuis l'adolescence, bien que physiquement elle et sa mère n'aient absolument rien en commun. Son père a refait sa vie, assez rapidement, il ne connaît pas bien sa compagne. C'est rude, il en souffre mais il se demande si eux en souffrent de leur côté vu qu'il n'a jamais de nouvelles. Vraisemblablement non. Donc, il en a pris son parti. C'est la vie, c'est comme ça, parfois l'amitié vaut plus que la parenté. Une famille qu'on se choisit.

Laurent Lambert revient au bout de quinze jours en ayant pris rendez-vous bien sûr. Voilà ce qu'il lui propose : il a fait estimer le bien de sa maman par trois agences différentes, comme il s'agit d'un Rez de jardin avec entrée indépendante mais qui fait partie d'une copropriété, le prix ne peut être considéré comme s'il s'agissait d'un bien seul. Il fait 60 m^2 de superficie, a beaucoup de travaux de remise aux normes notamment électriques à faire à l'intérieur et, dans l'état, sur le marché il vaudrait 175 000 € maximum et encore avec négociations, si elle veut le mettre en viager libre sur une tête, elle pourrait le mettre à 47 000 € le bouquet.

Quant à sa propriété actuelle, l'estimation serait aux alentours de 200 000 € sans les multiples travaux de la même manière mais le bouquet devrait être fixé à 70 000 € vu que c'est un viager occupé. Pour ce qui concerne la donation il a préparé tous les papiers et a demandé si elle en avait parlé à son jeune protégé.

— Non, pas encore. Elle attendait d'abord son retour notarial pour se lancer.

Cependant, elle lui a montré toutes les œuvres qu'elle possédait et il a flashé sur trois d'entre elles, qui pourraient faire partie d'une donation directe sans imposition. Ensuite, elle lui a fait visiter le Rez de jardin de chez sa défunte mère, et il a adoré tout simplement.

— Cher Maître, préparez la donation pour monsieur Emmanuel Leroy pour la somme dont nous avons convenu et préparez dans la foulée un viager libre à 47 000 € de bouquet que nous signerons à 40 000 € après négociations que j'accepterais bien entendu. Quand tous les documents seront prêts, nous conviendrons d'un rendez-vous pour la signature.

— Très bien, faisons comme cela. Tout est toujours si simple avec vous ma chère Virginie, il y en a qui devraient en prendre de la graine, et ils n'ont certainement pas eu votre vie !

Pendant ce temps, Virginie continuait son écriture de façon effrénée mais, en même temps, avait fait déménager tout le mobilier de l'appartement de sa pauvre mère vers un garde-meuble. Elle avait embauché une entreprise d'électricité pour tout remettre aux normes actuelles. Elle avait fait remettre en état tout ce qui était défaillant, tant au niveau de l'eau que du chauffage. Tout avait été refait à neuf mais sans toucher à l'âme des lieux qui avait tant plu à Manu. L'appartement était fin prêt et n'attendait plus qu'un acheteur, celui que Virginie avait décidé. Il ne savait encore rien de toutes ces manigances mais serait bientôt prévenu. Je le voyais déjà refusant fermement, mais on ne refuse rien à lady Swann. On ne saurait lui dire non, vu comment les choses étaient présentées. On se laissait avoir à tous les coups. La semaine suivante, il retourna au guichet chercher de l'argent liquide. Ça tombait au moment de son anniversaire.

— Cette enveloppe Manu est pour toi, pour tout ce que tu fais pour moi, pour ton soutien et ton accompagnement, pour m'avoir redonné la sensation d'une vie de famille. Tu regarderas. Il y a aussi un chèque à l'intérieur. Je t'interdis de refuser. Va vite mettre tout cet argent en banque tu en auras besoin la semaine prochaine certainement. Je ne veux pas faire trop de mystère mais je préfère que nous trinquions tous les trois ce soir avec Anne, et que nous goûtions ce merveilleux gâteau qui me fait de l'œil. Je te promets que je te raconterais tout et que tu seras content.

Il ne regarda même pas ce que contenait l'enveloppe par discrétion vis-à-vis de son amie

Virginie, mais se demandait bien ce qu'il se tramait dans son dos malgré tout. Après, le verre et le gâteau, ils se saluèrent pour une bonne nuit. Bien entendu, elle ne lui avait rien expliqué, et lui n'avait rien demandé. Et c'est bien soulagée qu'elle alla enfin se mettre au lit. Manu, chez lui s'isola et lu d'abord un petit mot écrit à la main à peine lisible tant l'écriture était tremblotante :

« Tu n'as qu'une seule chose à faire, c'est accepter. Je n'ai aucune descendance, laisse-moi te faire ce plaisir. Pour moi ce n'est qu'une goutte d'eau dans un océan dont l'état se gavera. Et puis, tu sais mieux que quiconque le peu de temps qu'il nous reste à profiter l'un de l'autre, alors je t'interdis de discuter mes décisions. Je suis en pleine conscience, je ne perds pas la boule. Tout est fait dans les règles de l'art et enregistré chez le notaire.

Il osa regarder le chèque qui était d'un montant de 30 000 €. Dans l'enveloppe il y avait les 3000 euros habituels + 7000 euros ce qui faisait 10 000 euros. Tu devras dire que tu as fait une grande fête d'anniversaire et de fiançailles en même temps où les invités pouvaient déposer leurs enveloppes dans une urne. Demain, tout naturellement, tu iras déposer à la banque le fruit de cette fête. Tu diras que tu n'as pas compté et que tu préfères voir directement et rapidement avec la banque. Rajoute trente ou quarante euros pour que ça fasse un compte bâtard, ça éveillera moins les soupçons. Tu devrais même y aller avec Anne, ça donnera de la crédibilité à ton histoire. »

Il était complètement scotché. Il ne put fermer l'œil de la nuit. Au petit matin, il vit Virginie buvant son café sur la terrasse avec Darling. Il se dirigea vers elle et lui dit :

— Je t'aime beaucoup, comme si tu faisais partie de ma famille mais comment veux-tu que je puisse accepter un cadeau pareil ?

— Parce que je te le demande tout simplement, parce qu'il y a une suite. Et que la suite, il faut que ce soit toi qui la vive plus tard. Et puis, cesse de m'agacer, c'est acté chez le notaire. J'ai déjà tout mis en ordre. Tu ne voudrais pas me décevoir et me chagriner ? Nous nous sommes fait confiance dès le premier regard. J'ai réfléchi longuement. Sans toi, jamais je n'aurais eu ni l'envie ni l'audace ni le courage d'entreprendre ma biographie qui, crois-moi, me demande une énergie que je ne soupçonnais pas avoir en moi. Tu m'as permis de me dépasser et donc de prolonger un peu ma vie en passant de ces longues journées de monotonie répétitives à des journées plus vivantes et enrichissantes. Pour tout cela, il fallait bien te remercier. Mais l'état te prendra tout. J'ai trouvé, je pense un autre moyen. Gageons que tout se passe comme je l'ai imaginé. C'est toi ou moi qui écris les happy ends ? Je te le demande ? Je crois bien que c'est moi !

— C'est toi, oui.

— Voilà ! Le problème est donc réglé, maintenant tu dois avoir du travail et moi aussi. À plus tard, mon petit Manu chéri.

Elle était persuadée qu'il ne reviendrait plus à la charge ce coup-ci. Elle avait été ferme voire un peu désagréable. Elle n'en pensait pas un mot mais c'était juste pour lui faire comprendre qu'on ne contestait pas ses décisions. Et puis elle voulait autant que possible profiter de sa fortune comme bon lui semblait. Il partit tout penaud. Déçu de n'avoir pu placer un mot. Il désirait plus que tout réussir par lui-même. C'est exactement ce qu'il faisait sauf, qu'elle donnait un petit coup de pouce au destin. Mais, il n'en restait pas moins vrai que sa réussite personnelle et professionnelle au prix de son labeur il ne la devait qu'à lui-même ! Ça n'est pas elle qui avait passé des nuits blanches à étudier, ce n'est pas elle qui avait enchaîné des gardes et des gardes à l'hôpital pour un salaire misérable sans compter les heures. Sa réussite, il ne la devait qu'au prix de son travail, de sa ténacité, de son acharnement, de sa vivacité d'esprit. Finalement, l'élève que l'on croyait médiocre à l'école primaire s'était révélé brillant dans les suites de ses études. Il avait trouvé sa voie, il savait pourquoi. Sa maman enseignante devait le regarder de là-haut et être bien fière de lui. Enfin dans sa tête, c'est ce qu'il se disait, qu'elle était son ange gardien, toujours à ses côtés, posée sur son épaule.

Virginie se remit au travail, il fallait qu'elle avance. Aujourd'hui, elle avait embauché une entreprise de nettoyage pour aller faire le ménage dans tout l'appartement de sa mère maintenant que les travaux étaient terminés. Au moins, tout serait nickel du sol au plafond. Le lendemain, elle croisa Manu et lui demanda si la semaine suivante, il avait un créneau d'au moins deux heures à lui accorder le matin ou l'après-midi, comme bon lui semblait en fonction de son emploi du temps. Il lui répondit qu'il lui donnerait la réponse ce soir, après avoir consulté son agenda. Le soir arrivé, il lui dit qu'il finissait ses cours à 13 h le vendredi suivant. Elle appela le notaire pour convenir d'un rendez-vous à 14 h à l'office notarial pour signer les premiers documents. La semaine se déroula sans encombre, le train-train du quotidien. Virginie se ménageait des temps de pauses car parfois elle abusait et le lendemain elle payait très cher les excès de la veille. Il fallait qu'elle prenne ces temps de repos. Elle le savait. Il fallait qu'elle s'y tienne. C'était indispensable.

Le jeudi matin elle commanda un taxi pour le vendredi à 13 h 45 précise pour se rendre au centre-ville. Le taxi fut très ponctuel. Ils montèrent tous deux à l'arrière et Virginie indiqua l'adresse du notaire.

Déposés à l'adresse indiquée, Virginie régla le taxi et demanda à Manu de lui donner le bras pour l'aider à se déplacer. Ce qu'il fit avec plaisir. Il ne savait toujours pas quelle était la destination. Juste, qu'ils se trouvaient en centre-ville. Puis, ils arrivèrent devant une très belle bâtisse avec la plaque dorée notaires implantée sur la devanture. Voilà nous y étions. Elle m'avait bien eu.

— Bonjour, madame, nous avons un rendez-vous privé avec Me Lambert.

— Oui, allez-y, il vous attend justement.

Il vint nous accueillir et s'effaça pour nous laisser entrer dans son immense bureau.

Des documents étaient disposés et classés. Il y avait aussi une boîte avec des stylos plus beaux les uns que les autres. On se sentait en sécurité dans un endroit pareil. Foi de Manu Leroy, je n'avais jamais mis un pied dans un lieu pareil et j'étais, je dois bien l'avouer, un peu intimidé. Il faut dire que cette hauteur sous plafond aussi nous donnait une impression de petitesse par rapport à la pièce. Tous les murs étaient recouverts de bois précieux, c'était je suppose, ce qui rendait l'endroit encore plus prestigieux. Les fauteuils bien cossus en vieux cuir brun invitaient à s'asseoir confortablement. Bien, j'arrêtais mes réflexions et laissais place à la parole du notaire.

— Bien, bonjour Virginie, bonjour monsieur Emmanuel Leroy, nous sommes aujourd'hui réunis ici pour une affaire qui nous occupe nous trois, enfin, surtout vous deux.

Manu avait les yeux écarquillés, il pensait juste jouer les accompagnateurs. Il n'était pas au bout de ses surprises.

— Virginie, à voir la tête de notre jeune ami, vous ne lui avez rien dit ?

— Non, en fait, je n'ai ni trouvé le moment ni trouvé comment lui dire, je me disais que cela serait aussi bien ici et maintenant.

— Oui, sûrement, mais permets-moi de te dire, en toute amitié, que tu abuses quand même.

— Oui, j'en ai pleine conscience, répondit-elle en regardant ses pieds. À ce moment-là on aurait pu lui donner un oscar, celui de celle qui joue à la petite fille gênée, attrapée la main dans le pot de confiture !

— Le notaire reprit la main et la parole et commença donc à s'exprimer :

— Madame Virginie Delorme née le 20 juin 1950, aussi plus communément connue sous le pseudonyme de Swann O'Connor, déclare ce jour être saine de corps et d'esprit, qu'elle n'a aucune descendance ni ascendance ni famille éloignée à sa connaissance, faire legs des œuvres d'art suivantes qui sont également déposées dans le dossier en photographie se composant de trois pièces : deux peintures et une sculpture. Le légataire en prendra possession au décès de madame Virginie Delorme. Aujourd'hui, cependant, madame Delorme lui fait un don de 150 000 euros. Je vais établir le chèque de suite au nom de monsieur Emmanuel Leroy en remerciement pour tous les bons soins prodigués durant toutes ces dernières années.

— Mais… se risqua Manu.

— Pas de mais… Ce n'est pas fini, nous allons devoir t'expliquer autre chose maintenant et il faudra bien écouter et ne pas me contredire et bien faire attention à moi pour que je tienne encore un peu. J'ai mon livre à finir et tes papiers et les miens à mettre en ordre. J'ai une question toute simple à te poser. T'occuperais-tu de mon chat Darling si je venais à disparaître ?

— Mais quelle question ? Bien évidemment, c'est un membre de la famille à part entière, tu en as d'autres des questions débiles de ce genre ?

— Pas pour l'instant, non.

Le notaire reprit donc où il en était :

— Vu que vous n'avez aucune parenté avec Virginie, vous vous doutez que l'état va se servir généreusement au passage. Je pense que d'ici environ trois à six mois vous aurez votre somme définitive. Avez-vous mis votre cagnotte d'anniversaire à la banque ? Maintenant, monsieur Leroy, mon seul conseil est de vous engager à faire quelques économies car bientôt une superbe opportunité va se présenter à vous, suivie d'une deuxième qu'il ne faudra pas laisser passer si vous ne voulez pas briser le cœur de notre Virginie.

— Et vous Laurent, dit Virginie, que vous ferait-il plaisir dans mes œuvres ou autres. J'aimerais tant que vous emportiez quelque chose qui vous rappelle mon bon souvenir.

— En vérité, Virginie, j'ai un peu honte de vous demander un de vos objets mais ce que j'aime par-dessus tout chez vous, ce sont la coiffeuse et le paravent qui se trouvent dans votre chambre. Mon Dieu, j'ai honte, oubliez ce que je viens de dire. Il cachait son visage dans ses mains dodelinant de la tête, comme s'il venait d'avouer un crime odieux.

— Mais pas du tout. Manu se chargera de les mettre de côté au moment venu, pas la peine de le noter. Je ne voudrais pas que vous soyez embêté déontologiquement. Il vous fera signe le moment venu. Vous pouvez compter sur lui. Il est honnête et digne de confiance.

— Et moi, dit Manu, je n'existe pas dans toute cette conversation, je ne suis pas dans cette pièce, je suis en train de rêver ou quoi ? Eh ho je suis là ! Je fais de la figuration ? On me dit de venir, de ne rien dire, d'écouter, mais quand même, cessez de parler comme si je n'existais pas ? Je suis là !

— Oui, pardon.

— C'est quoi cette histoire de donation, tout cet argent qui tombe du ciel ? dit Manu.

— Écoute, dit Virginie, je n'ai plus personne dans ma vie sauf toi. J'ai appris à te connaître et à t'aimer depuis le temps. Non, je rectifie, je t'ai aimé dès le premier jour, comme un coup de foudre, mais le temps n'a fait que confirmer l'intensité de cet attachement. Manu, j'ai beaucoup d'argent, tout va partir à l'état, je vais te léguer mon chat aussi et allouer une somme pour qu'il vive bien. Je ne sais pas ce que l'état prendra dessus mais bon. Le legs que je te fais aujourd'hui n'a rien à voir dans tout ça, mais il faut que je tienne encore quelques mois. Il faudra que tu me dises dès que tu auras perçu les fonds. À ce moment-là, je te vendrais en viager libre l'appartement de ma mère que j'ai vidé totalement et fait refaire du sol au plafond. Quand on achète un viager, on paye un bouquet et une rente mensuelle. Avec la somme que je t'ai donnée, tu pourras payer le bouquet et tu loueras l'appartement ce qui te permettra de me payer la rente et à mon décès, tout t'appartiendra.

— Oui, c'est bien résumé, dit le notaire.

— En principe, il te restera de l'argent et comme tu es salarié de l'hôpital tu pourras faire un petit emprunt et nous referons la même chose pour la féérie. Tu payeras le bouquet puis la rente mensuelle que je te rendrais en cash, on s'arrangera… donc, en principe, quand je ne serais plus : tu seras le propriétaire de Darling, de la maison de maman, et de la féérie avec sa dépendance. J'aimerais par-dessus tout que tu fondes une famille et que tu ne vendes aucun des deux biens. J'aimerais qu'il y ait de la vie dans cette maison qui n'a plus d'âme. Tu ne peux pas refuser. Tu m'as donné le courage et la force de continuer encore un petit peu, laisse-moi te faire ce plaisir, je t'en supplie. Elle sortit un mouchoir brodé de sa pochette et essuya les larmes qui pointaient aux coins des yeux.

Ensuite, elle confia une clé d'un garde-meuble au notaire, qu'il devait donner à Manu le jour de la lecture du testament, et ne lui dit pas ce qu'il y avait à l'intérieur et lui ne posa aucune question.

Virginie reprit la parole et dit :

— Pour la somme allouée à l'entretien de Darling je dirais 100 000 €.

— Ensuite, vous ferez les comptes restants et vous donnerez tout à des associations pour la recherche contre le cancer. Nous en sélectionnerons ensemble plusieurs. Et enfin, tous les bénéfices de mon dernier livre, et je prie pour arriver au bout, iront à la recherche pour les cancers pédiatriques donc vers l'oncopédiatrie. Si mes livres sont réédités et génèrent encore de l'argent, les sommes iront à des associations qui aident les familles touchées par le cancer à vivre mieux ensemble la maladie. Voilà, je pense avoir fait le tour. Il ne nous reste qu'à signer. Ah non, j'allais oublier, je voudrais aussi donner aux restos du cœur et à l'association Le Refuge. Voilà. Je crois que le tour est fait, cette fois-ci.

Ils apposèrent leurs signatures. Le notaire apposa sa signature également et son tampon. Puis, il les raccompagna vers la salle d'attente, le temps que le taxi arrive. De retour à la maison, Manu raccompagna Virginie jusqu'à sa chambre et l'invita à se reposer maintenant car la journée avait été riche en émotions. Il lui dit juste merci mais ne savait pas quoi dire d'autre tellement il était gêné. Il rentra chez lui et pleura longuement. Ça faisait beaucoup d'émotions en si peu de temps. Jamais il n'avait osé laisser aller ses émotions à ce point. Et c'est cette vieille dame, si élégante, si généreuse, qui n'était même pas de sa famille qui le bouleversait à ce point. Lui était généreux de nature, il ne faisait rien par calcul ou pour obtenir quelque chose en retour, elle le savait d'ailleurs depuis le temps qu'ils se côtoyaient. Lui aussi, l'aimait infiniment. Elle faisait partie de son paysage familial quotidien. Il n'avait jamais cherché à savoir quel était son rythme de vie niveau financier. Elle était, d'après ce qu'il avait compris, richissime et c'était la seule façon de le gâter un peu comme le fils qu'elle n'avait pas eu sinon l'état raflerait tout, et lui serait à la rue, finie la dépendance… et puis, il fallait bien se l'avouer, il s'était attaché à elle, comme elle à lui. Ils faisaient très bon ménage sans empiéter sur la vie de l'autre. Et si Manu voulait réussir, c'était aussi pour la rendre fière aussi. Il se décida à lui écrire une lettre. De toute façon, une bonne nuit blanche se profilait, parti comme c'était parti.

Ma très chère Virginie ou Swann, peu importe, pour moi, tu ne fais qu'une. Tu m'as laissé sans voix et cela n'arrive pas souvent qu'on me cloue le bec. Mais là, j'avoue que je n'avais pas les mots. Et je ne les ai toujours pas. J'ai été non seulement surpris mais terriblement gêné, embarrassé. Moi, qui me suis toujours évertué à tout vouloir tout faire par moi-même, à force de labeur, de courage, de ténacité, d'ambition... tu n'as rien enlevé de tout cela, j'ai toujours les mêmes valeurs et hors de question de les mettre au placard. J'ai compris que tu voulais donner un petit coup de pouce à mon destin mais c'est tricher. Nous savons très bien tous deux comment l'histoire se terminera, la seule inconnue est quand ?

Après, j'ai réfléchi et j'ai compris que tu me confiais Darling, comme tu me confiais la maison de ta maman, puis la féérie pour que tu sois sûre qu'elle garde l'âme d'antan, du temps de sa splendeur et de ton immense succès. Je ne sais pas si je serais à la hauteur de ce challenge mais ce dont je suis sûr est que je ne suis pas pressé du tout d'être propriétaire et te voir partir tel un ange. Je crois, je suis sûr et certain même d'avoir encore besoin de toi pour grandir encore un peu. Tu aurais été une maman extraordinaire. Dommage que la vie t'ait privé de cet immense bonheur. Tu vois, la vie est mal faite, moi, elle a pris ma maman trop tôt. Je reste persuadé que notre rencontre est un signe du destin. Tous tes dons que tu as prévus dans ton testament sont des gestes de pure bonté que seules quelques personnes sont capables de faire. Pour tout cela, j'aimerais te dire toute mon admiration et mon amitié, plus forte et plus proche de l'amour filial. Je ne peux que te dire merci. Car il n'existe aucun mot à la hauteur et au-delà de merci.

Ton Manu

Il lui glissa le mot sous la cafetière à l'endroit où elle ne risquait pas de le rater le lendemain au réveil. Puis reparti sur la pointe des pieds pour tenter de dormir un peu.

Quand elle se réveilla au petit matin, elle avait plutôt bien dormi, délestée d'un sacré poids qu'elle avait refilé à son voisin. Elle prit bien son temps pour sortir de son lit, se dirigea lentement vers la cuisine, trouva la lettre, la posa sur la table, se prépara son grand café et alluma sa première cigarette de la journée, la meilleure selon elle. Elle prit son mug et sa lettre et s'installa comme toujours à l'extérieur pour déguster son café. Elle ouvrit la lettre de Manu et la lu d'un trait, puis repris avec une lecture plus

68

attentive : elle était envahie d'émotion, les mots étaient soigneusement choisis. Elle disséqua le courrier et se mit à pleurer. Elle était en pleurs autant que Manu la veille. Toute cette histoire était vraiment très remuante. C'était un geste très puissant mais aussi associé au décès. Elle essuya ses larmes avec le revers de son déshabillé vite fait, comme pour éviter que quelqu'un ne la surprenne. Il avait tout compris. Il avait l'intelligence du cœur et la bonté d'âme. Elle n'avait pas su lui dire avec des mots qu'elle le considérait comme un membre de sa famille, un membre de cœur mais lui avait osé. Elle pleurait de bonheur quand elle l'aperçut, et lui fit signe de venir. Elle termina vite de sécher ses yeux et quand il arriva, il vit la lettre sur la table. Sans mot dire, par la gestuelle, elle l'invita à se rapprocher d'elle. Elle le serra de ses bras frêles du plus fort qu'elle pouvait. Et Manu dit :

— C'est moi qui dois te dire merci. Maintenant, nous allons brûler cette lettre ensemble et nous n'en parlerons plus jamais. Ce qu'ils firent ensemble. Ils restèrent comme ça, côte à côte, sans mot dire, collés l'un à l'autre. La chaleur de leurs corps parlait pour eux et leurs deux cœurs s'unissaient à jamais.

Trois mois plus tard, Manu avait touché son legs. Virginie avait demandé au notaire de mettre le bien hérité de sa mère en viager libre avec un bouquet à 47 000 € et une rente à 643 € mensuel. Manu fit une offre via le notaire à 40 000 € le bouquet et l'offre fut acceptée. Comme il n'avait aucun emprunt à faire, la vente se fit très rapidement.

Manu avait un ami qui recherchait un appartement à louer pour sa copine et lui. Il lui fit visiter et lui proposa pour 750 € par mois charges comprises. Le bail pour trois ans fut signé dans la foulée. Cela lui permettrait de payer la rente et d'économiser pour les charges. Deux mois plus tard, Manu se rendit à la banque en disant qu'il voulait acquérir un viager occupé sur une tête, qu'il avait un apport de 40 000 €, qu'il lui fallait un emprunt de la même somme, qu'il était employé par le CHU et était logé gracieusement donc ne payait pas de loyer. La banque se pencha sur son dossier, il emprunterait sur une durée de 20 ans sans indemnité de remboursement anticipé. Le prêt lui fut accordé. Il décrocha le viager occupé de la féérie et là ce fut le plus beau jour de leur vie.

Bon maintenant il fallait payer la rente à Virginie, rembourser le prêt. Il n'était pas sorti de l'auberge mais en même temps, il se dit que c'était l'occasion de faire péter le bouchon de champagne. Ce qu'ils firent avec modération bien entendu. Tout s'était passé tel le désir de Virginie. Donc, ça ne pouvait être que du bonheur puisque cela la rendait heureuse. Et une tranche de bonheur à son stade de fatigue était toujours bonne à prendre.

Chapitre 7

À présent, j'étais seule au monde. Orpheline. Enfin pas tout à fait, il y avait Darling mon fidèle matou qui ne me quittait pas d'une semelle. Et cela m'allait fort bien. Car j'étais si maigre que la fourrure du chat sur mes jambes me semblait comme une véritable petite couverture, qui bougeait, qui ronronnait, qui venait se frotter pour réclamer des caresses. Il était un compagnon si affectueux et de plus, bien élevé. Et lui, au moins, il ne divorçait pas !

Et puis, depuis quelque temps, il y avait le jeune Manu que je logeais et rémunérais contre quelques petites tâches hebdomadaires. Il était un jeune honnête et travailleur qui plaçait tout son avenir dans sa réussite, il se l'était promis et l'avait promis à sa maman avant qu'elle ne quitte cette terre pour rejoindre les cieux. Ça avait été une douloureuse période dont il ne s'était jamais vraiment remis. D'autant qu'il était jeune quand sa mère était décédée si jeune et si vite. Et il n'était pas préparé. Un jour, à force de vivre côte à côte, il lui avait un peu raconté son histoire, son enfance, son adolescence… son désir de prendre une revanche sur la vie et de fonder son propre foyer à lui, se faire sa famille. Il était tout simplement adorable. Quand il m'avait présenté Anne sa petite amie et avait eu la délicatesse de me demander la permission pour qu'elle puisse venir aussi vivre dans la dépendance. J'avoue que j'avais été très émue et très touchée par la démarche. Quelle politesse et quel tact vis-à-vis de moi mais auparavant il avait tenu à me la présenter. Elle était aussi blonde qu'il était brun. Ils s'entendaient bien ces deux-là et partageaient les mêmes valeurs. Ça crevait les yeux. Il aurait fallu être aveugle pour ne pas de rendre compte que dans leur jeu de cartes, le roi et la reine de cœur s'étaient trouvés. Quel bonheur de les savoir près de moi ! Ça me rassurait et en même temps ça me donnait le courage de continuer chaque jour selon le planning que je m'étais fixé. Anne passait me voir une fois par semaine avec le prétexte de prendre un thé, mais en réalité elle venait voir comment je me portais et en profitait pour m'offrir un petit bouquet de fleurs. J'avoue que l'intention était fort touchante et délicate. Maintenant que je n'avais plus mes rendez-vous déjeuner une fois par semaine avec ma maman, depuis qu'elle nous avait quittés, ça me donnait un nouveau repère et c'était bien pour moi. Elle m'avait adoptée, elle aussi.

Elle m'annonça qu'au printemps prochain, les week-ends de libre, elle s'occuperait volontiers de remettre un peu d'ordre dans le jardin qui avait plus l'air d'une jungle que d'un parc, comme il devait être à sa grande et belle époque. Elle avait raison. Sa comparaison m'amusa et un sourire s'esquissa sur mon visage. Ensuite, elle me proposa, vu qu'elle cuisinait pour deux tous les soirs, si je voulais partager leur repas ou avoir une part de leur repas et dîner tranquillement. Ça partait d'un sentiment louable mais je picorais comme un moineau alors, à quoi bon gâcher un menu. Je refusais poliment en lui disant que le soir je n'avais que peu d'appétit. Elle me proposa aussi de venir faire un brin de ménage si j'en avais besoin. Je finis par l'éconduire avec beaucoup de politesse en lui disant qu'il me restait encore énormément de travail et que si je voulais achever à temps, il me faudrait juste du calme et pas de dérangement, que sa visite hebdomadaire pour le thé était toujours un bon moment de détente et que si elle avait besoin de quoique ce soit, elle ne se gênerait pas à lui demander. Elle était généreuse cette petite. Ça se voyait, ça se sentait. Rien n'était feint. Elle voulait sincèrement m'aider, mais hélas, pour l'instant, je n'avais rien à lui confier. Elle compris mais me proposa que si j'avais besoin de quoique ce soit, elle était toute disposée à me rendre service pour n'importe quoi. Manu continuait de façon brillante son internat. Il bossait dur, et ça portait ses fruits. Il était reconnu de ses pairs. Et apprenait tout de ses maîtres. Il se documentait, lisait tous les derniers articles des revues médicales nationales et internationales. Il ne ménageait pas sa peine.

Moi, je continuais, jour après jour, l'écriture de mon ultime ouvrage. J'avais eu du mal à me remettre du décès de ma mère qui m'avait accompagnée et soutenue dans les meilleurs moments de ma vie et de ma carrière comme dans les plus mauvais moments de ma vie privée. Et de mauvais moments privés, il y en avait eu. Plus qu'il n'en fallait. Mais finalement, on apprend aussi et, d'autant plus, des mauvaises expériences que des bonnes.

Chapitre 8

J'avais mis du temps à me décider à vous livrer ce qui va suivre, mais finalement, si on se décide à écrire ses mémoires, cela ne saurait être pour ne pas tout divulguer.

Je racontais donc, comment grâce à l'intervention de mon éditeur, j'avais prétendu être à l'étranger alors que je luttais contre un cancer de tout mon appareil reproducteur, alors que j'étais enceinte. On m'avait tout enlevé y compris mon enfant à venir et j'avais dû faire une croix sur mon désir de maternité pour la vie. Quel crève-cœur, quelle douleur profonde ! On descendait dans les abysses de la souffrance tant physique que psychologique. Non seulement, mon corps était mutilé mais on venait de m'arracher la seule chose que je désirais dans la vie : mon enfant, être une maman… je souffrais mais dans mon cœur, c'était indicible. Plus rien n'existait, j'avais l'impression d'être décédée en même temps que mon fœtus.

Dans le même temps, mon époux me quitta car je ne pouvais pas lui offrir un foyer avec des enfants. Mais quelle injustice ! Je le laissais partir sans même discuter car je n'avais ni l'envie ni la force de le retenir. Et avec quels arguments ? Il voulait des enfants, je ne pouvais lui en donner, à quoi bon se battre pour le garder ?

Ensuite, j'avais enchaîné les traitements chimiothérapie et rayons. Deux ans d'une lutte sans jamais rien lâcher. Juste pour pouvoir continuer à écrire passionnément et intensément. Et dix ans plus tard, on remettait le couvert, c'était le sein ! La fameuse mammographie de contrôle. Évidemment, j'aurais dû passer entre les mailles du filet, selon moi. J'avais déjà donné. Mais non ! Encore une fois ! Il fallait y passer à nouveau. Mammectomie totale, avec possibilité de reconstruction dans un second temps. Je me fis retirer le sein de façon résignée comme si je partais à l'échafaud. Je connaissais déjà le processus, le cheminement, comment ça allait se passer. Comment j'allais être malade pendant la chimiothérapie. Comment je perdrais inexorablement mes cheveux, comment je ne pourrais plus m'alimenter pendant quelque temps. Pour la reconstruction secondaire, il fallait que j'arrête de fumer. Mais, impossible pour moi de me priver de clopes, de café, de mon chat Darling et d'écriture. Je me foutais bien de cette reconstruction. Qui voyait mon corps à part moi ? Pas de mari, pas d'amant, aucun homme dans ma vie… je me regardais dans le miroir et après avoir détesté l'image qu'il me renvoyait, finalement, jour après jour, mois après mois, je commençais à l'apprivoiser, à l'aimer cette cicatrice, cette blessure de guerrière. C'était la preuve que ça avait existé. Je ne ferais pas de reconstruction mammaire. C'était décidé. C'était mon choix.

Heureusement que maman était là pour m'accompagner car je ne sais pas si j'aurais pu tenir le coup sinon. Je crois, très certainement que j'aurais tout envoyé valser. Je n'aurais rien supporté sans son soutien. Elle a tenu jusqu'à ce que je sois à nouveau sur pied. Puis, elle a pris son envol une nuit dans son sommeil. Je me rassure en me disant au moins qu'elle n'aura pas souffert. Je l'espère de tout mon cœur, de toute mon âme.

J'ai été si malheureuse de son décès. Je me retrouvais orpheline. Heureusement, Darling était à mes côtés. Sacré cap à passer. Puis, Manu était arrivé dans ma vie tel un ange. Comme ça sans crier gare, sans que je m'y attende. Il avait peu à peu pris de la place, pris sa place, mérité sa place à mes côtés. Et je pense sincèrement qu'il partageait les mêmes idées et les mêmes valeurs que moi. Nous nous étions formé une espèce de petite famille de cœur. Et parfois, la famille que l'on se choisit vaut bien mieux que la parenté. Anne était venue par la suite nous rejoindre.

Nous avions chacun notre indépendance et nous vivions en bon voisinage. Cette vie-là touchait presque la perfection sauf que je savais, moi, que mes jours étaient comptés.

Alors, bien évidemment il ne s'agissait pas de barrer les jours sur un calendrier, mais je sentais bien semaine après semaine, mes forces s'amenuiser, mes ressources diminuer. Mes déplacements étaient de plus en plus difficiles, douloureux et limités. Je me préservais pour achever mon ultime mission. Il fallait à tout prix que j'y parvienne. Terminer cette biographie, l'histoire de ma vie était ma seule raison qui me maintenait encore en vie, juste par un petit souffle, qu'il fallait maintenir à n'importe quel prix. Vu que je ne m'alimentais quasiment plus, que ça ne passait plus, il fallait absolument que je m'hydrate, que je boive beaucoup. Pour cela, aucun problème, je buvais beaucoup d'eau. Cependant, je fumais encore beaucoup. Mais ce n'était pas maintenant en fin de vie que j'allais m'arrêter. Pour que ça me donne quoi ? Un mois de plus ? Je m'en foutais. Autant profiter du dernier plaisir qu'il me restait dans ma vie. Et si c'était fumer et bien jusqu'au dernier moment je fumerais. De toute façon, personne ne pouvait rien m'empêcher. J'étais comme une sale gosse qui n'écoute personne. Sauf de temps en temps mon petit Manu, mais il respectait mon choix car je lui avais raconté et expliqué mes choix après la vie que j'avais vécu.

Je n'étais pas loin de mes 70 ans, je n'avais aucun problème de mémoire ou de troubles cérébraux, j'avais toute ma tête. C'est l'année de mes 68 ans que mon notaire et moi avons lancé la mission donation. Cela prit des mois, mais aux termes de ceux-ci nous avons enfin ouvert le champagne à la féérie pour fêter cette première partie d'expédition. L'année de mes 69 ans, Manu se rendit à la banque pour contracter un emprunt de 45 000 € car il fallait penser aux frais de notaire aussi. Il obtint le prêt. Quelques mois plus tard, il racheta le bouquet en viager occupé de la féérie avec une rente diminuée du fait qu'il s'était engagé à être « homme à tout faire » et à entretenir le jardin et la maison et à lui redonner le cachet d'antan. Nous avons donc ouvert le champagne pour la deuxième fois à la féérie. Bien sûr, tout le monde était heureux. Le notaire car il savait que j'avais bien choisi mon successeur comme s'il était mon propre enfant. Mon Manu, car même s'il était fort gêné, il comprenait très bien ma démarche, même si ce n'était pas du tout ce qu'il recherchait ni ce qu'il attendait dans notre relation. Il est vrai que des sentiments particuliers s'étaient noués au fil du temps, mais lui, il n'était pas intéressé par ma fortune, d'ailleurs il ne savait même pas à quel montant celle-ci pouvait s'élever. Ils ne s'en parlaient pas. Et bien sûr, Virginie qui avait le sentiment d'avoir fait le meilleur choix possible pour donner comme elle pouvait à son fils de cœur et aux œuvres caritatives.

Voilà maintenant, j'étais rassurée, je n'étais plus propriétaire de ma maison, mais je vivais dedans. Quand Manu me versait la rente mensuelle, je l'envoyais mettre mon chèque à la banque. Puis quelques jours plus tard, je lui faisais retirer une bonne somme. Et lui reversait. Il était toujours gêné mais je lui disais qu'il en avait plus besoin que moi, et qu'il ne s'imaginait pas l'immensité de ce qu'il restait. Alors, timide il prenait, mais il s'en servait pour arranger la clôture, acheter une haie, une débroussailleuse. Il était vaillant et Anne également ne manquait pas de bras pour l'aider. Ainsi, ils avaient en moins d'une année, en plus de leur boulot respectif, redonné vie et âme au jardin. Ils avaient enlevé les feuillages de la piscine et l'avaient couverte sans la remplir. L'an prochain ils s'occuperaient de repeindre la façade de ce si beau pavillon. Moi, j'avais l'impression de vivre dans un rêve. Je revoyais enfin cette si belle maison reprendre vie. Elle me redonnait le coup de cœur que j'avais eu la première fois que j'étais entrée par ce jardin pour la visiter et que dans mon être déjà tout frissonnant je me disais, c'est ici que je voudrais vivre jusqu'à la fin de ma vie. Le tour de l'intérieur avait été fait plus que rapidement et j'avais signé direct sans aucune

80

négociation au prix et comptant. Ça pouvait aller très vite vu qu'il n'y avait aucun emprunt. Je me réjouissais et en même temps je sentais un souffle de vie s'engouffrer en mon for intérieur comme pour me dire : tu as fait le choix de ta vie, celui que tu ne regretteras jamais. Et en effet, jamais je n'avais eu à le regretter. Ce bien était mon refuge, mon repère, mon bien propre, à moi et rien qu'à moi.

Maintenant, je l'avais transmis à qui je voulais, selon mon désir. J'avais tout de même demandé à Manu de ne pas changer le nom de la maison, pour me faire plaisir. Il m'avait dit qu'il en était hors de question, ne serait-ce que par respect et par estime voire par amour. Jamais cette idée n'aurait pu l'effleurer. Jamais.

Arrivait l'automne 2020, et comme le jeune couple l'avait promis, ils allaient s'attaquer à la façade. Finalement, elle n'avait aucune crevasse, et n'était pas abîmée, il suffisait juste de remettre une bonne couche de peinture spéciale couleur façade. L'automne étant la saison idéale car pas trop de chaleur et pas encore de pluies, ils se mirent donc au boulot et choisirent une couleur ton pierre pour mettre en valeur les volets blancs. Ça donnait un cachet une fois fini que jamais je n'aurais pu soupçonner. Ils formaient une bonne équipe. Ils avaient du goût et ne manquaient pas de courage. Ils étaient vraiment méritants.

À Noël, Manu décida de me convier à dîner chez eux dans la dépendance, et me dit qu'il me porterait jusque chez moi quand je serais trop fatiguée. On prit l'apéritif. Puis, comme il était plein de surprises, il décida qu'on n'attendrait pas pour les cadeaux. Ils me tendirent tous les deux une petite boîte avec une impatience non contenue. Moi, je leur donnais une enveloppe. J'ouvris la boîte et je vis une petite paire de chaussons en laine et une tétine. Je les regardais incrédule, et du regard rempli de larmes, les interrogeais jusqu'à ce qu'un son sorte enfin de ma bouche :

— Vous allez avoir un bébé ?

— Oui, Virginie, nous allons être parents et ceci grâce à toi, grâce à la chance que tu as mise dans nos vies. Nous ne savons pas encore si c'est un garçon ou une fille mais nous aimerions beaucoup que tu participes au choix du prénom. Cela te ferait-il plaisir ?

Je me mis à pleurer. D'abord quelques larmes, puis je n'arrivais plus à m'arrêter tant le bonheur m'envahissait. Puis, je me repris. Je bus une gorgée d'eau.

— Mes enfants vous allez réaliser le rêve de ma vie, fonder un foyer et donner de la vie dans cette demeure. Je vous souhaite tout le bonheur du monde. Mais maintenant, ouvrez mon enveloppe, vous verrez que nous sommes connectés. J'ai un souhait et vous ne pouvez pas me le refuser.

Ils ouvrirent l'enveloppe et dedans il y avait un petit mot qui disait : « Il est grand temps que vous vous mariiez, au printemps quand le jardin est si joli, je vous donne un budget illimité. Mais il faut que ce soit ce printemps-ci si vous voulez que je sois de la partie. »

Ils se serrèrent fort dans les bras. C'étaient de merveilleux cadeaux. Ils acceptèrent pour début avril. La naissance étant prévue fin juin 2020. De toute façon, on verrait bien son ventre rond. Ce bébé pourrait se vanter d'avoir assisté aux noces de ses parents. Le dernier chapitre de mon livre serait d'un optimisme génial car il ne parlerait que des préparatifs de mariage et de la grossesse. Toutes ces occupations étaient de véritables palliatifs et m'évitaient de penser à ma fin de vie inéluctable.

Le mariage eut lieu en avril comme prévu, en comité limité, mais une belle soirée fut organisée. Manu était beau comme un astre, Anne ressemblait à un ange. Je pus participer un peu mais préférais le faire de ma terrasse, à part, à l'abri des regards, car je faisais réellement peine et peur à voir et surtout car mon corps n'avait plus de force. Deux jours plus tard, ils avaient tout nettoyé comme si rien ne s'était jamais passé. Quelle efficacité !

Les mois passaient et moi je défaillais de plus en plus. Il me fallait maintenant un petit déambulateur pour me déplacer sinon je tombais car je n'avais plus de muscles pour supporter le poids de mes os. À la dernière échographie, Manu et Anne vinrent m'annoncer qu'ils attendaient une petite fille. Alors comme on m'avait demandé mon avis pour le choix du prénom, je leur expliquais mon raisonnement :

« Le jour de votre mariage, j'ai dit Manu est beau comme un astre, Anne comme un ange, alors j'ai pensé à deux prénoms de filles que vous pouvez mettre en 2e ou 3e, il s'agit d'Angélique ou d'Estelle. » C'est votre mariage qui m'a inspiré.

Ils m'ont écouté jusqu'au bout et ont conclu que c'était deux très bons choix. Le 10 juin, Anne partit accoucher à la maternité d'un beau bébé de 3 200 kg qu'ils prénommèrent Étoile Angélique Virginie Leroy. Je crois qu'ils venaient de me faire le plus beau des cadeaux de la vie. C'est comme s'ils m'avaient fait grand-mère. Quelques jours plus tard, ils vinrent me la présenter, cette si jolie Étoile. Elle était bien sûr magnifique. J'étais si émue que je ne pouvais décemment retenir mes larmes. À quoi bon ? Finalement, j'étais sa granny un point c'est tout. Quand on est sensible, on l'est pour la vie. Maintenant, mon seul désir était qu'Étoile ait au moins un frère ou une sœur. Les chamailleries dans une maison ça donne de la vie, et puis, ça donne une famille, une famille qui s'agrandit avec des ramifications telles un arbre bien enraciné avec toutes les branches qui partent par-ci et par-là pour ne former qu'une seule et même famille.

Virginie termina son livre, sa biographie en faisant le dessin de son arbre.

Son arbre : il y avait à la souche son père et sa mère. Son père était barré au bout d'un centimètre au moment à peu près de la naissance de Virginie. L'arbre de Virginie ne ressemblait pas à un gros chêne mais plutôt à un long roseau qui se nommait Virginie, il y avait sa maman qui était barrée un peu plus haut mais rien, il n'y avait rien. Elle avait quand même dessiné Darling son chat et fidèle compagnon et un peu plus loin dans le jardin elle avait dessiné un autre arbre avec une souche M+A sur un beau gros tronc qui donnait naissance à une belle première grosse branche nommée Étoile. En dessous était écrit : ma famille de cœur.

Chapitre 9

Dans la vie, on n'a pas forcément tout ce que l'on veut. J'aurais adoré, moi, fille unique, avoir des tas d'enfants, les voir courir autour de moi. La vie ne m'a pas donné cette chance-là ni ce bonheur, mais elle m'a donné bien des épreuves douloureuses à traverser. Je ne sais pas comment j'ai fait pour pouvoir surmonter tous ces orages. Quelle énergie m'a porté pour pouvoir mettre un point final à ce dernier livre.

Cela ne remplace pas une famille mais… Mais j'ai quand même eu le bonheur d'avoir eu le succès, grâce à vous mes lecteurs et je vous remercie. Vous m'avez donné l'envie de continuer à écrire et à la lecture de mon testament vous verrez que je suis une personne simple et généreuse. Un grand merci à vous.

Maintenant que j'achève mon dernier ouvrage, j'aimerais remercier mon éditeur qui a toujours été là à mes côtés, ma famille de cœur qui se reconnaîtra, ma maman à qui je dédie ce livre car sans elle à mes côtés pendant mes deux combats contre les cancers, je n'aurais jamais survécu. Je dédie également ce livre à tous ceux qui se battent jour après jour contre la maladie. Il ne faut rien lâcher et être bien entouré. Je sens que la lumière s'amenuise. Je vais aller m'asseoir dans une chaise longue dans le jardin prendre un peu le soleil. Ça me fera du bien…

C'est à ce moment précis que le dernier souffle de vie l'abandonna. Seule bien installée dans son jardin, avec le chant des oiseaux en bruit de fond et un petit vent doux et chaud. Elle était installée et serrait très fort contre elle la tablette.

Elle avait envoyé une version à son éditeur par e-mail en lui disant que l'original était dans sa tablette, qu'il fallait faire les corrections mais qu'elle sentait que pour elle c'était la fin. Elle avait fermé doucement ses paupières. Et s'était laissé aller dans une douce descente vers un sommeil qui n'en était pas un. Elle le savait. Elle ne voulait plus lutter. Et l'avait toujours dit :

— Un jour je partirai. Sans faire de bruit. Dans le calme. En toute discrétion comme elle avait vécu en tant que Virginie.

Le léger petit vent balayait doucement mes cheveux. C'était si agréable. Elle s'endormit ainsi à jamais, face à la maison de Manu en pensant à sa petite Étoile, sa petite fille par procuration, sa famille de cœur qu'elle s'était fabriquée.

Quand Manu se réveilla quelques minutes plus tard, il sentit que quelque chose n'allait pas, comme une intuition.

Il ouvrit la porte et vit le visage sans vie mais paisible de Virginie, juste là devant ses yeux. Un léger sourire de soulagement était posé sur ses lèvres. Elle tenait un petit mot bien serré dans sa main. Il était adressé à Manu :

Mon petit, tu as illuminé les dernières heures de ma vie. Enfin, pour être honnête, les dernières années de ma vie. Mais je crois que tu le sais. Quand ça sera le moment de la succession, le notaire te donnera les clés d'un garde-meuble. Tu iras quand tu te sentiras le courage, quand tu auras débarrassé la féérie et fait le ménage car je souhaiterais que vous viviez ici maintenant avec ta famille. Attend avant de jeter le mobilier, tu pourras peut-être réutiliser certaines choses pour la dépendance et peut-être loger à ton tour un étudiant... on ne sait jamais. Tu as des choses à faire. Prévenir le notaire car j'ai déjà pris mes dispositions pour tout ce qui va suivre. Va dans ma chambre et prends la coiffeuse et le paravent et mets-les en lieu sûr chez toi. Tu devras lui donner quand tout sera fini. Tu te souviens, je lui ai promis quand nous étions dans son cabinet. Fais-le maintenant. Il ne faut pas que le public soit prévenu. Je veux que mon dernier voyage se fasse dans l'intimité. Ils seront mis au courant une semaine plus tard en même temps que la sortie de mon livre dans une conférence de presse par mon éditeur. Tu dois aussi prendre ta tablette. Cherche le dossier : « Un jour je partirai ».

Tu seras le seul à détenir la version brute sans corrections ni sur le fond ni sur la forme, ni l'orthographe, ni la grammaire mais on m'attendait de l'autre côté. Ça avait l'air urgent. Je devais l'envoyer comme ça ou ne jamais l'envoyer. J'ai fait donc le choix de l'envoyer tel quel. Imprime-le en entier et envoie-le à l'adresse de l'éditeur en recommandé avec accusé de réception en mon nom. Je lui ai envoyé par e-mail mais je ne sais pas si j'ai bien fait alors j'aimerais que tu le refasses. Je te laisse ses coordonnées. Tu lui téléphoneras d'abord car s'il l'a reçu cela t'évitera bien du travail. Tu lui spécifieras également que je ne souhaite pas que le public soit prévenu de mon décès sauf au moment de la sortie du livre. Ça boostera les ventes.

Je t'ai aimé toi et ta famille comme si vous étiez des miens et je pars en vous emmenant dans mon cœur en vous emmenant comme mes enfants. Je vous aime. N'oubliez pas de rajouter des branches à cet arbre qui n'en possède qu'une pour l'instant.

Il se rapprocha, pleura beaucoup puis appela le notaire pour le prévenir et parce qu'elle avait pris des dispositions pour ses funérailles. Comme elle lui avait demandé, il monta dans sa chambre, prit le paravent et la coiffeuse et les porta à l'abri des regards chez lui. Il appela l'éditeur qui avait reçu effectivement un mail provenant de Swann. Manu lui expliqua que c'était son dernier manuscrit, sa biographie. Qu'elle n'avait pas eu le temps de s'occuper de quelconques corrections, qu'il était à l'état brut. Elle lui avait envoyé ce matin avant de s'éteindre avec la recommandation de ne pas divulguer son décès sauf au moment de la sortie de son ultime livre.

La cérémonie funéraire se déroula selon les dernières volontés de Virginie Delorme, en petit comité. Tous ses biens iraient à des œuvres caritatives pour la lutte contre le cancer, contre les cancers pédiatriques et puis pour les restos du cœur et aussi et refuge cette association pour les jeunes différents rejetés par leur propre famille.

Elle partit en tant que Virginie comme elle était venue au monde.

Deux semaines plus tard, on annonçait dans les journaux et la télé, à la suite d'une longue maladie, le décès de la célèbre romancière Swann O'Connor dont la biographie sortirait dans les deux semaines à venir, écrite par elle-même. Qu'elle avait travaillé d'arrache-pied pour pouvoir terminer cette dernière œuvre et avait réussi non sans mal, avant de s'éteindre dans la plus grande discrétion comme elle le souhaitait.

Comme elle s'en doutait, son ultime livre s'arracha comme des petits pains, il fut réédité en version de luxe pour les fêtes de fin d'années, puis décliné en poche, puis dans des coffrets...

Chapitre 10

Le notaire avait lu la succession quelque temps plus tard à Manu. Il héritait de Darling le chat ainsi que les 100 000 € qui lui étaient alloués pour lui prodiguer les soins nécessaires.

Au décès de Darling, s'il restait de l'argent, la somme restante irait à parts égales aux descendants de monsieur et madame Leroy sur un compte bloqué jusqu'à leur majorité respective. Virginie souhaitait qu'à son décès l'urne de son animal Darling, soit mise dans son caveau aux côtés d'elle et de sa maman. Le décès de Virginie avait aussi mis un point final au versement des deux rentes mensuelles. Donc aujourd'hui, Manu devenait véritablement propriétaire de deux logements. Et enfin pour finir, il lui tendit un trousseau de clés avec une adresse de garde-meuble et un numéro de box. Le notaire lui dit qu'il n'y avait pas d'urgence à l'ouvrir, qu'il pouvait prendre son temps, le temps nécessaire pour digérer.

Il ne commençait à peine à admettre et comprendre le départ de Virginie que maintenant. Il la cherchait encore des yeux parfois dans le jardin. Il n'avait pas encore fait le deuil de cette extraordinaire personne qui l'avait aidé et accompagné toutes ces dernières années. C'était un véritable coup dur. Dur à avaler. Dur à accepter. Comme s'il perdait une mère une seconde fois. Mais, c'était le schéma de la vie, de la naissance à la mort. De nos jours, à 70 ans, elle n'était pas partie bien vieille mais bien usée par la maladie et par la vie.

D'un côté, elle avait eu une vie superbe, mené une carrière magnifique, mieux que celle qu'elle aurait pu imaginer, mille fois mieux, le succès, l'amour du public, la reconnaissance de ses pairs. Mais, vu de l'autre côté, quelle triste vie privée : Deux mariages ratés, deux cancers, aucun enfant alors que c'était son vœu le plus cher. La vie ne l'avait pas épargné et elle avait résisté, autant qu'elle avait pu.

Manu avait gardé la tablette comme un trésor. Et puis, c'était la sienne, en fait. Un soir, il avait convié le notaire à la maison et lui avait dit de mettre sa voiture en position banquette. Quand il arriva, il lui offrit à boire et pour tenir la promesse de Virginie, il leva le drap qui recouvrait le bout de la pièce. Là, à cet endroit, trônaient le paravent et la coiffeuse, comme promis. Le notaire n'en croyait pas ses yeux qui se remplissaient de larmes. Manu, lui mit une petite tape dans le dos et lui dit, vient, nous allons charger ta voiture si tu veux, je vais te donner un coup de main. Virginie tient toujours ses promesses, même absente, elle est avec nous ! Ils chargèrent la voiture et le notaire repartit très ému, en pleurant, car il pensait que cette doléance était partie à la trappe. Sacrée Virginie et sacrée Swann, deux sacrées bonnes femmes en une seule personne qui ne méritaient qu'admiration.

Quelques semaines plus tard, Anne, le ventre arrondi, accompagna Manu au garde-meuble, car il ne souhaitait pas s'y rendre seul. Ainsi, il se rendait dans un lieu où Virginie était forcément venue, et il lui montrait qu'une nouvelle petite branche allait venir grossir sa famille. Ils ouvrirent ensemble le garde-meuble et découvrirent comme un trésor à l'intérieur. Il y avait tout le mobilier qui lui avait tapé dans l'œil dans la maison de sa maman. Rien ne manquait. Il expliqua tout ça à Anne car elle n'était au courant de rien. Elle se mit à déambuler dans cet immense garde-meuble, regardait et s'extasiait sur certaines pièces. Manu était heureux et incrédule car il ne croyait pas qu'elle aurait été jusque-là pour lui faire plaisir, sa Virginie. Il n'en revenait pas. Ils refermèrent le box et décidèrent d'en parler tranquillement arrivés chez eux. Ils vivaient toujours dans la dépendance. La location de la première maison suffisait à rembourser le crédit de la féérie. C'était parfait. Anne attendait un petit garçon pour dans quatre mois. Ils décidèrent, puisque les beaux jours arrivaient, d'employer une entreprise de déménagement, de louer un deuxième box à côté du premier, et de prendre une entreprise de nettoyage industriel pour nettoyer la féérie. Une fois vide et nettoyée, ils y verraient plus clair. C'était la plus sage des décisions. Ceci fut fait dans la semaine. La maison vidée paraissait immense. Anne et Manu firent l'inventaire de ce qu'ils désiraient vraiment garder. À part la chambre d'enfant offerte par Virginie, en fait, rien ne leur manquerait vraiment. Ils décidèrent de se faire livrer le box de Virginie, le premier à la féérie. Tout doucement, ils déballèrent et emménagèrent cet espace immense qui n'attendait que ça, de reprendre vie. Tout trouva sa place. Il faut dire que tout était d'un goût raffiné, et extrêmement subtil. Rien de démodé, que de l'intemporel. Ils installèrent leur chambre à coucher et en firent un véritable nid d'amour. La chambre d'Étoile était au bout du couloir, et celle du futur nouveau-né juste face à celle d'Étoile. Ils allèrent choisir le mobilier pour une chambre de garçon et se firent livrer et monter celui-ci. Ensuite, ils se firent livrer dans la dépendance qu'ils avaient bien débarrassé le deuxième box, celui de la féérie pour voir ce qu'ils pouvaient réutiliser pour leur maison. Dans la chambre de Virginie, elle avait au mur deux immenses ailes d'anges, qu'ils prirent tous deux d'un regard complice et mirent dans la chambre du bébé à venir. Ensuite, ils firent rénover la bibliothèque pour lui redonner de la modernité et elle prit sa place tout naturellement sur tout le pan du mur du fond du salon. Tous les livres furent conservés bien évidemment. Y compris la collection complète de Swann O'Connor qui ne comptait pas moins de cinquante romans, uniquement des best-sellers. La table à manger ainsi que la table basse et les chaises eurent droit elles aussi à leur coup de jeune et de modernité. Nous voulions et nous tenions à ce mobilier de valeur mais il fallait les remettre au goût du jour. Au contraire, ça redonnait un nouveau souffle, une nouvelle vie et la pièce paraissait toute nouvelle, tout en gardant son âme d'antan. Le canapé cependant resterait dans la dépendance.

Eux choisirent un canapé d'angle couleur sombre car avec bientôt deux enfants en bas âge, les couleurs claires étaient à proscrire. Ils choisirent aussi un joli ensemble pour mettre sur la terrasse en rotonde qui donnait sur le jardin, là même où Virginie aimait boire son café, et tant fumer. Symboliquement, nous avions gardé le plus beau des cendriers pour en faire un très joli vide-poche à l'entrée. Plus tard, Manu envisageait d'emménager les combles pour en faire son bureau ou alors il se servirait de la dépendance. Enfin, il y en avait des possibilités. Cependant, ils firent refaire en totalité la cuisine et la salle de bain ainsi que les toilettes. Ils rajoutèrent également une buanderie ainsi qu'une deuxième salle d'eau. Tout restait dans le même esprit avec beaucoup de goût pour ne pas dénaturer l'esprit de la maison.

La dépendance finalement servirait de bureau pour Manu s'il avait besoin d'être au calme pour travailler. Mais il verrait l'aménagement dans un second temps. Il n'y avait pas d'urgence. Au fond de la pièce, il avait rangé tout l'outillage de jardin.

Chapitre 11

Ils emménagèrent enfin dans la féérie en faisant un dernier au revoir à la dépendance. La petite Étoile avait maintenant deux ans. Ils prirent vite leurs marques dans leur nouvelle demeure qui n'avait rien de nouveau mais qui était un hommage à cette grande dame Virginie. Dans la nuit du 10 juin, Anne donna naissance à un magnifique petit garçon qu'ils prénommèrent Ange.

Si ça aussi ça n'était pas pour faire un plaisir à Virginie, alors c'est que vous n'y avez rien compris. Rappelez-vous le jour du mariage elle leur avait dit : Manu tu es beau comme un astre et Anne tu es belle comme un ange. Astre = Étoile, Ange = ange. Jusqu'au bout, ils avaient respecté sa passion pour les mots, son choix, sa décision, ses idées. Ils espéraient que de là-haut, elle esquissait un immense sourire qui illuminait le ciel entier, comme pour dire : mes enfants, j'ai compris le message et je suis fière de vos deux belles branches.

Au milieu de l'entrée au-dessus du vide-poche trônait un arbre généalogique un peu bizarre, il avait deux branches maintenant : une branche rose nommée Étoile et un peu plus haut une autre branche bleue nommée Ange. Sur le tronc les initiales M et A. Dans le jardin, dans l'herbe était écrit en gros : VIRGINIE.

Les enfants qui avaient grandi avaient dessiné de jolies fleurs dans le jardin. Ils avaient mis quelques feuilles aussi sur les branches, c'était beaucoup plus joli comme ça. Finalement, il ne manquait plus qu'à étoffer cet arbre généalogique chaque branche pouvant encore donner de nouvelles branches et ainsi de suite. La vie se chargerait de faire son œuvre avec le temps.

La féérie, la maison de la vie de Virginie, celle qu'elle avait acquise pour fonder une famille, était devenue, tout ce qu'elle désirait, un lieu plein de vie et d'amour, de rires et de joie.

Quant aux dons qu'elle avait faits lors de son décès, cela n'avait fait qu'augmenter sa cote de popularité côté générosité et comme prévu tous les droits avaient bien été reversés aux œuvres citées et cela continuerait un certain temps, car son éditeur déclinait son œuvre en livre de poche, sur liseuse… sur plusieurs supports numériques.

Donc, la machine à fric continuait à alimenter toutes les associations comme elle l'avait souhaité.

Jusqu'au bout, elle avait réussi à faire respecter ses choix même si l'état s'était grassement servi sur ses comptes bancaires au passage, mais elle avait fait de son mieux, puisqu'elle n'avait pas de descendance familiale. Tous ceux qu'elle avait voulu mettre à l'abri l'avaient été. Et par le biais des associations, elle avait fait de beaux gestes de générosité et d'humanité, elle-même touchée par deux fois par le cancer. Pour les autres causes, elle avait choisi en fonction de ce que lui dictait son cœur.

Elle qui n'avait pas pu avoir d'enfant elle ne supportait pas que des parents puissent mettre leur enfant à la porte parce qu'ils n'avaient pas le genre de sexualité qu'ils avaient décidé pour eux. Ils refusaient l'homosexualité et les foutaient à la rue.

Quant aux restos du cœur, comment cela était possible 30 ans après que cette association de bénévolat au départ pour aider les gens qui n'arrivaient plus à boucler les fins de mois ni à se nourrir, comment existait-elle encore ? Quel rôle encore plus intemporel prenait-elle ? Pourquoi finalement ça devenait la normalité ? Pourquoi des gens qui travaillaient n'arrivaient pas à se loger et vivaient dans leurs bagnoles et ainsi de suite… les travailleurs pauvres. Ou parfois vous aviez les compétences mais pas de domicile fixe donc… pas de boulot. Tout était fait en dépit du bon sens. Elle savait bien qu'elle ne pouvait pas résoudre tous les problèmes de la planète à elle toute seule ni avec son argent mais elle se disait que sa petite goutte dans l'océan qu'elle versait pour toutes ces œuvres caritatives était une goutte de plus. Et qu'il valait mieux une goutte ajoutée à une autre goutte que pas de goutte du tout.

Après tout, elle avait rêvé de la féérie comme une maison du bonheur où couraient des enfants heureux en famille. Elle les veillait d'en haut en souriant. Alors pourquoi ne pas rêver aussi d'un monde meilleur ? Elle observait aussi d'en haut. Tout cela était bien plus compliqué car il y avait des ramifications partout comme dix pelotes de laine enchevêtrées. Mais peut-être qu'avec un peu de temps, si un ange gardien se penchait sur le sujet, il pourrait démêler les fils de toutes ces pelotes de laine ? Pour aller vers un monde meilleur…

Finalement, la solitude n'est ni un choix ni une fatalité et peut se transformer en une véritable surprise réservée par la vie.

Tout dépend de ce que l'on en fait, voilà ce qu'était sa véritable conclusion de tout ça. Elle, elle avait décidé, même seule, à réussir à s'entourer d'amour en toute fin de vie pour finir en apothéose en livrant un dernier chef-d'œuvre qui alimenterait mentalement et physiquement pendant quelques années des gens fidèles à son souvenir.

La solitude c'est la rêverie, et la rêverie c'est le souvenir.

Henri-Frédéric Amiel, *Journal intime*,
le 29 juillet 1854

Imprimé en Allemagne
Achevé d'imprimer en février 2022
Dépôt légal : février 2022

Pour

Le Lys Bleu Éditions
40, rue du Louvre
75001 Paris